EL SUEÑO DE TEXAS

Alberto Vázquez-Figueroa

Categoría: Novela histórica
Colección: Biblioteca Alberto Vázquez-Figueroa

Título original: *El sueño de Texas*

Primera edición: Octubre 2021

www.editorialkolima.com

Autor: Alberto Vázquez-Figueroa
Dirección editorial: Marta Prieto Asirón
Portada: Silvia Vázquez-Figueroa
Fotografía de portada: @Dreamstime
Maquetación: Carolina Hernández Alarcón

ISBN: 978-84-18811-33-3
Depósito legal: M-27672-2021

A Lola Ortega-Villaizán López, agradeciéndole cuánto me ayudó cuando estuve malito.

CAPÍTULO I

La figura, de gran tamaño y cubierta con un manto rojo, se bamboleaba sujeta por una gruesa cuerda que pendía de una polea colocada directamente sobre la boca del pozo.

Un leve murmullo comenzó a resultar inteligible:

Santa Bárbara, no muevas la tierra.
San Ginés, quítanos la sed.
Santa Bárbara, apaga el fuego.
San Ginés, mójanos los pies.
Santa Bárbara, trae la lluvia.
San Ginés, riega la mies.
Santa Bárbara, aleja las cenizas.
San Ginés, sal del pozo para bien.

Las voces fueron aumentando su potencia hasta convertirse en un grito unánime en el momento en que la cabeza de una imagen emergió para enfrentarse a un centenar de campesinos que la observaban con los ojos dilatados por el fervor, queriendo convencerse de que su santo patrón los libraría de la espantosa sequía que estaban padeciendo.

El paisaje que se ofrecía a la vista no podía resultar más desolador ya que la tierra aparecía cubierta de lava volcánica y cenizas, calcinada por un sol de fuego, sin trazas de haber recibido una gota de agua en años y arrasada por un viento que levantaba nubes de polvo mientras un alto volcán de oscura lava contribuía a convertir el árido paisaje en una especie de sucursal del infierno.

Entre cuatro hombres acabaron de sacar la imagen del pozo, la desataron, la colocaron sobre unas angarillas e iniciaron una lenta procesión, precedidos por un cura y un monaguillo que hacía repicar una campanilla seguidos por todo el pueblo, que entonaba monótonamente su letanía:

Santa Bárbara, calma al volcán.
San Ginés, concede esa merced.
Santa Bárbara, no muevas la tierra.
San Ginés, quítanos la sed.

Se alejaron por la despiadada llanura, y componían un espectáculo dantesco, ya que el cielo sin una nube, el viento abrasador y el sol que machacaba los cráneos parecían querer advertirles de que no tenían la más mínima probabilidad de que sus rogativas pudieran cumplirse.

* * *

La piedra de moler giraba y giraba impulsada por la incansable mano de una muchacha que sudaba y se afanaba moviéndola circularmente, iluminada por la leve llama de un candil que apenas alumbraba la enorme cuadra que en otro tiempo debió albergar a muchas bestias, pero que ahora tan solo servía de refugio a una escuálida camella.

La piedra continuó girando hasta que la puerta se abrió e hizo su aparición un hombre de unos cuarenta años, aspecto apocado y rostro quemado por el sol, que se dejó caer sobre una desvencijada silla.

–¿Aún trabajando...? Tu hermano hace horas que duerme.

–Debo entregarle el gofio a doña Eulalia. Me prometió un cuartillo de agua.

–¡Un cuartillo de agua! ¡Dios Bendito! Por una garrafa seríamos capaces de asesinar. ¿Hasta cuándo durará este castigo?

–No se impaciente, padre. Pronto lloverá. Esta mañana volvieron a bajar al santo al pozo.

–¡Al pozo! Ni aunque lo bajaran a los mismísimos infiernos conseguiría que cayera una gota de agua. Durante la gran sequía no llovió en veinte años y ahora tan solo llevamos siete.

María Curbelo se detuvo en su dura tarea con el fin de secarse el sudor con la manga.

–¡Tenga fe, padre! Lloverá.

–¿Fe? Lo que tengo es sed. ¡Y hambre! –Hizo una corta pausa y al fin, casi con miedo, añadió–: Ofrecen tierra y trabajo en las Américas.

–¿Las Américas? –se escandalizó su hija–. Eso queda al otro lado del mar. Aquí esta nuestra casa, y ahí fuera, la tumba de los abuelos. No quiero ir a ninguna parte; quiero vivir y morir en Lanzarote.

–Morir aquí resulta fácil, cielo. Vivir ya es otra cosa. Sin agua, en esta tierra solo florecen tumbas. Moler gofio ajeno no es el destino que soñaba para ti. Mereces otra algo mejor.

–No me quejo.

–Lo sé. Tú nunca te quejas y no es justo. A tu edad deberías rebelarte contra esta vida.

–En cuanto llegue el agua será como antes. ¿Es que no lo recuerda? Había buenas cosechas y miles de conejos; la isla lucía siempre verde, las cabras rezumaban leche y los camellos estaban gordos. Nos bañábamos en el aljibe y pisábamos la uva en el lagar. ¡Era todo tan bonito!

–¡Pero de eso hace ya siete años! ¡Y quién sabe si volverá!

–¡Tiene que volver! Algo tan maravilloso no puede haberse ido para siempre.

–No. Tal vez no se haya ido para siempre, pero para cuando llueva tú ya habrás dejado de ser una niña, y la infancia sí que no vuelve... –El derrotado Matías Curbelo quedó en silencio, triste y pensativo, hasta que por último, y con un gran esfuerzo e indudable vergüenza inquirió–: ¿Queda algo de comer?

Su hija observó el saquito de polvo de gofio que había ido moliendo pero que no le pertenecía, y resultaba evidente que libraba una dura batalla entre su honradez y su amor filial, pero al advertir la desolada expresión del rostro de su padre tomó una taza de latón y con ayuda de un paño fue echando dentro los restos del gofio que habían quedado sobre la piedra, en el delantal y en algunos rincones de la tabla. Por último se aproximó a la camella, a la que ordeñó extrayendo de sus flácidas ubres un chorrito de leche, que trató como si fuera oro, y amasó el gofio con una cuchara.

–Tome, padre... Si Dios quiere mañana habrá más.

* * *

Repicaba insistente una campana con un tañido lento, espaciado, como una llamada de reclamo, y desde esa misma campana, que se alzaba en lo más alto del torreón del castillo que dominaba el pueblo, se distinguía a los campesinos que iban acudiendo lentamente y con aire cansino.

Algunos llegaban en burro, otros en camello y la mayoría a pie, pero vinieran como vinieran, en todos se advertía una profunda desgana, como un convencimiento de que de nada servía reunirse o tratar de tomar cualquier decisión, puesto que mientras aquel cielo continuara sin mostrar una sola nube y no existieran esperanzas de lluvia todo resultaría inútil.

Transcurrió un largo rato hasta que el alcalde, que presidía la sesión observando como sus conciudadanos iban tomando asiento en los rústicos bancos del amplio salón del viejo castillo, hizo un gesto con el fin de que la escandalosa campana dejara de incordiar.

A su lado se acomodaba un hombre elegantemente vestido y cuyo aspecto y modales contrastaban con el suyo y con el de quienes habían ido llegando.

Los rostros de los asistentes ahora denotaban ansiedad y un profundo desconcierto, y entre los más derrotados destacaban Matías Curbelo, su esposa Gracia y, sus dos hijos, Ginés y María.

Cuando el último de los vecinos se hubo acomodado el alcalde aguardó a que cesasen los murmullos y ,por último, intentando mostrarse falsamente animoso, comenzó:

–¡Bien! Ya estamos todos, o sea que no perdamos tiempo. La situación es grave y lo sabemos, pero por suerte contamos con la inestimable ayuda de don Bartolomé Casabuena, que nos han enviado desde Tenerife.

–¡Pues como no tenga más influencia en el cielo que san Ginés!

–Ese ha sido Juan Leal, estoy seguro. ¿Dónde estás?

–Aquí.

Tanto el alcalde como don Bartolomé intentaron encontrarlo entre los asistentes, pero apenas consiguieron entreverlo dado que se encontraba en la última fila, semioculto por una columna que no permitía ver más que la mitad derecha de un rostro de rasgos firmes, expresión decidida, y un ojo de color grisáceo que brillaba con reflejos acerados.

–¿Por qué siempre tienes que protestar por todo?

–Porque estoy harto de promesas. Si el rey nunca se ocupó de los canarios, ¿a qué viene ahora este interés tan repentino?

El alcalde, al que se le notaba azorado por la presencia de Casabuena, fue a responder agriamente, pero este lo interrumpió con un gesto, indicando que sería él quien lo hiciera.

–Para La Corona, todos sus súbditos, sean castellanos, aragoneses o canarios, son iguales, pero por suerte o por desgracia sus dominios son tan extensos que no siempre se puede acudir con la debida rapidez donde hace falta. Ahora ha sabido de las necesidades de las islas y está dispuesto a poner remedio.

–¿Mandará barcos con agua? –inquirió una voz femenina.

–Eso resultaría muy costoso pero, ya que la montaña no va a Mahoma, haremos que Mahoma vaya a la montaña.

–¡Pues sí que estamos buenos! Lo que menos necesitamos ahora son moros.

–Mahoma no es un moro, señora. Fue un profeta que murió hace mil años. Hablaba en metáfora.

No cabe duda de que la palabreja impresionó a los rudos campesinos, que se observaron los unos a los otros como tratando de que el vecino les aclarase su significado, pero quien la había pronunciado no les dio tiempo a reaccionar:

–Dado que no podemos traer agua a donde están los canarios, llevaremos a los canarios adonde se encuentra el agua, y en Texas existen tierras inmensas, fértiles, de buen clima, con hermosos ríos, altos árboles y verdes praderas, en las que La Corona está dispuesta a asentar a familias de reconocida honradez y amor al trabajo.

Se hizo un silencio en el que todos se miraron de nuevo, impresionados por el ofrecimiento y por la desmesurada aventura que significaba abandonar sus hogares con el fin de iniciar un viaje sin regreso, hasta que les sorprendió una vez más la voz, ronca, sonora e inconfundible, de Juan Leal.

–¿Por qué? ¿Por qué de pronto nos ofrecen el paraíso tras cien años de olvido? ¿Dónde está la trampa?

Todos se volvieron, y don Bartolomé Casabuena pudo descubrir ahora, cuando el molesto personaje inclinó un poco el cuerpo desde detrás de la columna, que era tuerto del ojo izquierdo, aunque el derecho tenía tanta fuerza en sí mismo que casi se diría que valía por dos.

–La Corona no hace trampas, y quien lo insinúa se juega la cabeza.

–En ese caso, si fuera «La Corona» la que respalda el viaje, este se haría bajo su responsabilidad, con gastos a su cargo y garantías de que la tierra que se encuentre allí responde a lo prometido... ¿O no?

La pregunta, clara, directa e intencionada, desconcertó a don Bartolomé, que se volvió al alcalde como buscando ayuda ante la comprometida demanda, aunque resultó evidente que el buen hombre no podía serle de gran utilidad.

Por último, y tras carraspear nerviosamente, sacar una pequeña caja de plata y sorber una pizca de rape, asintió repetidamente y con excesivo convencimiento:

–¡Naturalmente! ¡Naturalmente! «La Corona», a través de su fiel súbdito, el marqués de San Miguel de Aguayo, en cuyos dominios se establecerían, se responsabiliza del viaje garantizando que el enclave es tal como acabo de describir.

El padre de María Curbelo, que había permanecido en silencio, sentado entre esta y su esposa, intervino alzando la mano:

–¿Está escrito en alguna parte?

El aludido lo observó con atención, observó luego al resto de los presentes, y por último inquirió:

–¿Alguien sabe leer? –Ante las lentas y sucesivas negativas, añadió, en tono despectivo–: En ese caso, ¿para qué quieren verlo por escrito. Lo digo yo, don Bartolomé Casabuena, Ilustrísimo y Excelentísimo Juez de Comercio con Las Indias en las islas Canarias por voluntad Real, y con eso basta[1].

1 Con el fin de consolidar la presencia española en las recién descubiertas tierras americanas y ante el avance de los franceses desde Luisana, el rey Carlos III estableció en 1668 una Real Cédula, denominada «Tributo de Sangre», por la que concedía a los canarios el privilegio del comercio con América a cambio de enviar cinco familias por cada cien toneladas de mercancías.

CAPÍTULO II

La camella estaba muerta.

Se encontraba tendida en el centro del establo, observada por la totalidad de los miembros de la familia Curbelo, que se mostraban desolados, casi anonadados, contemplando el cadáver de la bestia como si se tratara del suyo propio, ya que el animal constituía la más preciada, y casi la única, de sus pertenencias.

No decían ni hacían nada, como si asistieran a un velatorio, y permanecieron así hasta que se escuchó el chirriar de los ejes de un carromato y al poco hizo su aparición Juan Leal, que chasqueando la lengua comentó con voz ronca:

–El dicho es viejo: «Si la camella muere sin remedio es hora de poner tierra de por medio».

–¿Y eso qué quiere decir?

–Que cuando ni las bestias soportan la sed, hay que emigrar –señaló hacia fuera–. En el carro tengo a la familia y en el puerto aguarda un barco. Ahora lo que importa es salvar a los muchachos.

–¿Abandonando Lanzarote?

–Lanzarote siempre estará aquí, y cuando llueva será el momento de regresar. Por lejos que vayamos, el camino no será más largo a la vuelta que a la ida.

–Creí que no te gustaba esa aventura.

–Y no me gusta... –Señaló con un gesto a la camella–. Pero esto es peor. ¿Se vienen?

Los Curbelo se consultaron con la mirada. Les aterrorizaba la idea de abandonar su hogar y su isla, pero alzaron el rostro al cielo, lanzaron una nueva ojeada a la bestia, sobre la que zumbaban millones de moscas, y tras intercambiar una larga mirada entre marido y mujer, el primero asintió convencido:

–Tiene razón, cristiano. Esto es peor. Nos vamos.

Hizo un gesto a sus hijos y todos se encaminaron a la salida, ante la sorpresa de Juan Leal, que inquirió un tanto desconcertado:

–¡Pero bueno! ¿Se van así, sin más? ¿No se llevan nada?

–Todo lo que tenemos, sed, hambre y recuerdos, nos los llevamos puesto. El resto son harapos.

–Hay algo que sí quisiera llevarme, padre –le interrumpió su hija–. La piedra de moler. Vayamos donde vayamos habrá millo, y sin «gofio» los canarios nunca seremos nada.

Matías Curbelo pareció comprender que tenía razón e hizo un gesto con la cabeza indicando a sus hijos que fueran a buscarla.

Desaparecieron en el interior de la cuadra y al poco regresaron cargando la piedra.

* * *

El Teide, blanco y majestuoso, se recortaba contra el cielo e iba ganando en tamaño a medida que la nave se aproximaba.

En la cubierta de la «San Telmo», una balandra pequeña, hedionda y miserable, se apiñaban medio centenar de infelices, que contemplaban con ojos, en los que se mezclaban el temor y la esperanza, la verde isla y el gigantesco volcán que se alzaba ante ellos.

María Curbelo, sentada sobre un rollo de cuerdas, tenía sobre el regazo a un niño que debía haber sufrido una pésima travesía, puesto que se le advertía pálido y ojeroso. Pese a ello, su voz se animó al inquirir:

–¿Qué es eso blanco que cubre la montaña?

–Nieve.

–¿Y eso qué es?

–Agua sólida.

–¡Tú eres tonta! ¿Cómo puede haber agua sólida?

–No lo sé, pero dicen que así es.

El chiquillo meditó largamente y al poco, con absoluta inocencia, aventuró:

–Y si es agua sólida, ¿por qué no nos la llevamos a Lanzarote? ¿Crees que los tomates crecerían si cubriésemos con ella los campos?

–Tampoco lo sé, pero a lo mejor por eso Tenerife se ve tan verde. –Tras unos momentos de duda añadió–: Pero no creo que nos dejasen quitarles su nieve.

–Si yo tuviera «agua sólida» no dejaría que nadie me la quitara.

–Parece que les sobra.

–¿Y no podríamos quedarnos? Tenerife se ve bonito.

–Aceptamos que nos llevaran a Texas y no nos dejarán quedarnos por el camino. Pero no te preocupes; América es aún más bonita.

El mocoso lanzó una larga ojeada a la enorme montaña y a las verdes laderas y por último negó convencido:

–Lo dudo.

* * *

En una amplia y destartalada sala que tal vez fuera la antigua capilla se amontonaban cuarenta o cincuenta emigrantes, entre hombres mujeres y niños, dado que ese era el hospedaje que se había proporcionado a las familias que se habían ido reuniendo a la espera del día del en que tuvieran que embarcar.

Las condiciones de vida eran ciertamente deplorables puesto que ni siquiera tenían camas sino tan solo colchonetas tiradas en el suelo, mientras que la separación entre las distintas familias se había hecho a base de raídas mantas que colgaban de cuerdas tendidas de una pared a otra.

Todo tenía el aspecto de un campo de refugiados, y los rostros mostraban desesperación y hastío, a la par que hambre.

En un rincón, no lejos de un semiderruido altar presidido por un deteriorado crucifijo, el padre Ruiz, un franciscano de aspecto bondadoso, había improvisado una especie de primitiva aula donde con ayuda de una rústica pizarra trataba de enseñar a los niños –y a los que no lo eran tanto– las primeras letras.

–¡A ver...! La eme con la i, mi. La eme con la o, mo. La eme con la u, mu...

La totalidad de los miembros de las familias Curbelo y Leal atendían a las explicaciones repitiendo la lección como niños y así continuaron mientras un sordo rumor les obligaba a alzar más y más la voz, hasta que de improviso y a través de los innumerables huecos de la techumbre, comenzaron a caer gruesas gotas, lo que hizo que Juan Leal alzara el rostro, al tiempo que exclamaba:

–¡Llueve! ¡Llueve! ¡Dios bendito; está lloviendo!

Como si semejante revelación fuera algo inaudito y portentoso, la mayoría de los hombres, mujeres y niños corrieron hacia la salida, dejando estupefacto al padre Ruiz, que se volvió hacia el único alumno –un hombretón de aspecto rudo– que no se había movido de su sitio.

–¿Pero qué ocurre? –quiso saber.

–Llueve.

–¿Y qué? ¿Es que nunca han visto llover?

–La mayoría no. Son lanzaroteños y está cayendo más agua en un minuto que en toda su isla en cinco años...

–Entiendo. ¿Y tú no vas a verlo?

–Yo soy gomero.

Fue a añadir algo pero se interrumpió al advertir que un niño entraba, recogía un cazo de latón, salía de nuevo y regresaba al instante con él lleno a rebosar.

–Padre... ¿lo que cae del cielo es del primero que lo coge?

–Sí, hijo, sí... Naturalmente.

El chiquillo se encaminó directamente al crucifijo y colocó el cacharro a sus pies.

–En ese caso, pídale que lo convierta en nieve.

El desconcertado religioso se aproximó al rapazuelo y, colocándole la mano en el hombro, inquirió:

–¿Qué has dicho?

–Que convierta el agua en nieve. No se la estoy quitando a nadie, y me la llevaré a Lanzarote cuando vuelva.

–Pero bueno, hijo, eso no es tan sencillo; el agua no se convierte en nieve así, sin más.

Se interrumpió porque advirtió que se le estaban mojando los pies debido a que por la puerta penetraba agua a raudales empapando los colchones y amenazando con transformar la estancia en una piscina.

–¡Pero bueno...! ¿Qué es esto?

Corrió a la salida y lo que vio le dejó estupefacto; el enorme patio del convento semejaba un inmenso estanque en el que medio centenar de mujeres y niños chapoteaban bajo la lluvia mientras los hombres corrían de un lado a otro afanándose en taponar los desaguaderos con piedras, sacos y todo cuanto encontraban a mano.

–¡Que se va...! ¡Que se va!

–¡Allí, Juan! Por aquel agujero.

–En la esquina, Torano. Trae piedras, que se marcha.

–¿Pero qué demonios hacéis? –se horrorizó el pobre cura–. ¿Os habéis vuelto locos? ¡Lo vais a inundar todo!

Quiso apartar a los dos hombres que tenía más cerca quitando la piedra que cubría el desagüe, pero trataron de impedírselo.

–No lo haga, padre, que es agua. ¡Es agua!

* * *

María Curbelo descendía por un empinado camino con un pesado haz de leña en la cabeza.

A sus espaldas se perfilaba la inmensa silueta del Teide y al doblar un recodo distinguió una pequeña casa de piedra ante cuya puerta una anciana sentada tras una rústica mesa se afanaba desgranando maíz por el sencillo procedimiento de frotar una mazorca contra otra.

La muchacha aspiró profundamente el aroma que manaba de la chimenea y se detuvo al tiempo que señalaba las piñas que se encontraban en un cesto, todas idénticas y repletas de granos.

–¡Qué lindo luce ese millo, cristiana! Nunca vi otro tan limpio y tan parejo. ¡Enhorabuena!

–¡Gracias, mi niña! Todo el mundo sabe que el millo de *seña* Eufrasia es el mejor de las islas.

–¿Y cómo lo consigue?

–Eso es secreto; un secreto que tan solo le dejaré a mi nieta cuando llegue el momento.

–¡Lástima! Me hubiera gustado llevarme esa clase de millo a Texas.

Se dispuso a continuar su camino, pero apenas hubo dado unos pasos, la anciana lo detuvo con un gesto.

–¡Espera! ¿No serás de los que se llevan a las Américas?

–Vivimos ahí abajo, en el convento viejo.

–¿Y estáis pasando tanta hambre como dicen?

–¡Más!

–En ese caso te daré un saquito de «gofio» *pa* los muchachos.

–No, gracias, cristiana. No aceptamos limosnas, pero si me regala unas semillitas, y me dice cómo tengo que hacer para conseguir ese millo allá en Texas, siempre nos acordaríamos de usted. Y tan lejos no podríamos hacerle la competencia.

La buena mujer meditó mientras la observaba de hito en hito y por fin sonrió con sus dos únicos dientes.

–¡Lindo pico tienes, niña! Y «espabilá» que eres...

–La necesidad, que aprieta.

–¿Si te doy las semillas te acordarás de *seña* Eufrasia?

–Como María Curbelo que me llamo que todo el mundo lo conocerá como «El millo de Seña Eufrasia». La haré famosa en América.

–Carajo que eres lista y zalamera. ¡Ven *pacá*!

La muchacha obedeció y la vieja metió mano en el recipiente que tenía a su lado, extrajo dos puñados de semillas y los depositó en el pañuelo que la lanzaroteña se había apresurado a quitarse de la cabeza.

–Las tienes que plantar cuando haya llovido tanto que el dedo se te hunda por completo, de amanecida, sola, y rezando cada vez un padrenuestro. Y al acabar te arrodillas en mitad del campo, de cara al sol, con los brazos en cruz y le ofreces la cosecha al santo del lugar.

–¿Qué santo tienen en Texas?

–¿Y cómo quiere que lo sepa? Alguno habrá. Y si no te llevas de aquí el que más te guste. Al fin y al cabo, todos son buenos.

* * *

En el lujoso comedor de pesados muebles, enormes candelabros, vajilla de plata y larga mesa por la que se desparramaban toda clase de viandas, se encontraban reunidos media docena de hombres que escuchaban atentamente a su anfitrión, don Bartolomé de Casabuena, que presidía la reunión y hablaba con la voz fatua y engolada de quien vive convencido de estar en posesión de la verdad.

Dos criadas servían en silencio, aunque parecían no perder detalle de cuanto se decía.

–En lo que se refiere al posible despoblamiento de las islas no comparto su preocupación, visto que estos campesinos se reproducen como conejos –por algo en Lanzarote les llaman «conejeros»–, y a la vuelta de unos años habrá tantos mocosos hambrientos correteando por ahí que no sabrán qué hacer con ellos.

El hombre al que se ha dirigido, un gordinflón elegante y muy enjoyado, sorbió con estudiada delicadeza un poco de vino para dejar a continuación la copa sobre la mesa y responder:

–Es posible, pero a corto plazo, ese injusto «Tributo de Sangre» que se nos obliga a pagar a los canarios nos priva de una mano de obra imprescindible. No necesitamos mocosos hambrientos, sino hombres fuertes. ¿No es cierto, Quintero?

El mencionado Quintero, sin duda otro terrateniente, asintió y fue a decir algo, pero Casabuena lo interrumpió con un gesto autoritario al tiempo que señalaba, visiblemente molesto:

–En primer lugar, recuerden que ese término, «Tributo de Sangre», ofende a La Corona y no debe ser pronunciado, y menos en mi casa. En segundo lugar, tengan en cuenta que todo tiene un precio, y si no fuera por esa «contribución voluntaria» de algunas familias, las islas no disfrutarían de un trato preferencial en su comercio con las Indias.

–¿Pero por qué a otras regiones no se les exige ese precio? Esas son las cosas que hacen que los canarios nos sintamos como si no fuéramos totalmente españoles sino tan solo una especie de «colonia menor». Cinco familias por cada cien toneladas de mercancía se me antoja un precio abusivo.

–¿Preferiríais abonar tres mil reales?, porque esos tres mil reales saldrían directamente de vuestras bolsas. Y con ese dinero se pueden pagar muchos jornales.

–¡No, desde luego que no! Desde ese punto de vista el trato nos conviene, pero el pueblo se queja.

–El pueblo siempre se queja, amigo mío. ¡Siempre! Lo lleva en la sangre y si le escucháramos pronto exigiría limitar el trabajo a doce horas diarias. ¿A dónde iríamos a parar? Nuestro común amigo el Pagador Real, que entiende de números, podría decírnoslo.

El citado Pagador Real, un hombre flaco, de expresión avinagrada y aire de chupatintas, hizo ademán de querer meter baza, pero en esos momentos se escucharon voces airadas, golpes y amenazas, y al poco la puerta se abrió bruscamente e hizo su aparición Juan Leal, que observó la escena con su único ojo brillando de ira.

Casabuena se puso en pie de un salto:

–¡Pero bueno! ¿Cómo se permite irrumpir así en mi casa?

–Me lo permito porque en el convento hay niños que se mueren de hambre y llevo dos semanas aguardando a que me conceda audiencia. Tenemos enfermos, nadie se ocupa de ellos y eso no es lo que se nos prometió.

–Yo no prometí nada.

–Prometió que las necesidades del viaje correrían por cuenta de La Corona, y comer es una necesidad. ¿O no?

–Supongo que sí, pero le advertí que se haría a través del marqués de San Miguel de Aguayo, a cuyos territorios están asignados. Él es quien tendrá que compensarlos en su día.

–¿Compensarnos? ¿Por qué? ¿Por los muertos? El viaje durará meses y nadie vivirá para cobrar semejante compensación. Necesitamos comer aquí, no en Texas.

–Ese es un problema que no me atañe y queda fuera de mis atribuciones, pero aquí el Pagador Real puede atestiguar que no existe presupuesto para el caso.

–Ni un solo real ha sido asignado a ese respecto.

Juan Leal los observó uno por uno, pareció comprender que no iba a encontrar la ayuda que buscaba, pero al fin señaló, convencido:

–¡De acuerdo! Hagan lo que quieran, pero si mañana no empiezan a darles de comer, ni una sola de esas familias embarcará rumbo a América.

–Se comprometieron a ello y la justicia les obligará.

–Se desparramarán por la isla y perderán más tiempo y dinero buscándolos que dándoles de comer. –Hizo una larga y significativa pausa antes de añadir–: Y no creo que al rey le guste saber que se los trata como a criminales cuando lo único que hicieron fue confiar en su palabra.

Abandonó la estancia con paso firme, dejando a los presentes desconcertados, y al fin fue el orondo Abreu el que comentó, no sin innegable mala intención:

–Feo problema se le presenta, Bartolomé; ese hombre tiene razón. Y muchos cojones.

* * *

Los niños jugaban en el gran patio central, las mujeres remendaban la harapienta ropa, los hombres charlaban, tomaban el sol o paseaban por el claustro con aire de hastío, y en todos los rostros se advertía angustia, hambre y el tremendo malestar que significaba el estar encerrados.

Al poco en el portón hizo su aparición un criado que conducía del ronzal a un escuálido caballejo cargado con dos sacos, y ante la curiosidad general fue a detenerse en mitad del patio gritando:

–¿Quién es Juan Leal?

El aludido abandonó el grupo de hombres con los que discutía en voz baja y se acercó con presteza:

–¡Yo! ¿Qué ocurre?

–Mi amo, don Bartolomé de Casabuena, le envía los víveres que pidió.

Juan Leal abrió los sacos y estudió su magro contenido antes de replicar francamente indignado:

–¿Esto? ¿Acaso cree ese miserable que con dos sacos de gofio va a matar el hambre de tanta gente? Necesitamos carne, queso, pescado, tocino... ¡Algo que alimente!

–También le envía el caballo.

–¿El caballo? ¿Y qué carajo quiere que hagamos con el caballo? ¿Comérnoslo?

–Para eso lo he traído.

Matías Curbelo, que se había aproximado a formar corro en torno a ellos al igual que la mayoría de los colonos, repitió horrorizado:

–¿Comernos el caballo? ¿Es que se ha vuelto loco?

–Los franceses aseguran que su carne es muy buena.

–¡Pues que lo mande a Francia! La primera vez que veo un caballo y pretenden que me lo coma. ¡Maldito hijo de puta!

–Sin insultar, que mi amo es gentilhombre de cámara del rey. Me dijeron que les entregara esto y ya cumplí. Si quieren comerse el caballo, se lo comen, y si no lo ponen a tirar de un carro, pero a fe mía que incluso levantar las patas le cuesta trabajo.

Dio media vuelta y desapareció por donde había llegado dejándolos a todos absolutamente desconcertados.

Un par de hora más tarde, y mientras caía la noche, algunas luces comenzaron a encenderse y la totalidad de los colonos se encontraban sentados en las escalinatas, observando en silencio al pobre rocín que, justo en el centro del patio, se entretenía en rumiar los hierbajos que crecían entre las losetas, y de tanto en tanto alzaba sus enormes y tristes ojos contemplando indiferente a quienes lo contemplaban a su vez.

Otro par de horas más tarde se escucharon gritos desgarradores.

–¡Los jamones! ¡Los jamones! ¡Ay, señor, los jamones!

La enorme bodega aparecía repleta de barricas de vino, quesos, chorizos que colgaban del techo, patatas puestas a secar, maíz, sacos de azúcar y toda clase de víveres, mientras en la escalera continuaban resonando los gritos del cocinero:

–¡Los jamones!

–¿Pero se puede saber qué diablos ocurre?

Al poco hizo su aparición un orondo cocinero, arrastrando tras de sí a don Bartolomé de Casabuena, que vestía camisón y un gorro de dormir, y lo condujo a través de la bodega hasta un punto en el que el mustio caballo los observaba colgado por cinchas que lo sujetaban bajo el vientre en el lugar que deberían ocupar los jamones.

–¡Esto es lo que ocurre!

–¡Dios bendito! ¡Mis jamones!

CAPÍTULO III

Los isleños dormían bajo la luz de pequeñas lamparillas distribuidas en la inmensa estancia, cuando se escucharon ruidos, la puerta se abrió, y una voz ronca y autoritaria grito estentóreamente:

–¡Todos en pie! ¡Nos vamos!

Los rostros de los emigrantes denotaban sorpresa, miedo, sueño, e incluso una cierta esperanza, y uno tras otro fueron apartando las mantas o abandonando sus jergones mientras se interrogaban entre sí.

–¿Pero qué es esto?

–¿Qué pasa?

–¿Por qué nos despiertan a estas horas?

–¿Es cierto que nos vamos? ¿Así, de improviso?

El recién llegado no cesaba de dar órdenes zarandeando a quienes tenía más cerca.

–¡Arriba, arriba! Quien no tenga sus cosas listas dentro de diez minutos tendrá que dejarlas aquí.

Juan Leal, que había sido el primero en vestirse, se le encaró decidido:

–¿Se puede saber a qué viene tanta prisa? Llevamos semanas esperando y ahora estas urgencias. ¡No lo entiendo!

–Tenemos que zarpar dentro de dos horas.

–¿De noche? ¿Por qué?

–Una flotilla de corsarios franceses navega hacia aquí, y si no zarpamos antes de que llegue no nos iremos nunca.

–¡Corsarios franceses! –sollozó una mujer–. ¡Santo cielo! Nos matarán a todos.

No cabe duda de que la noticia impresionaba y horrorizaba a los desconcertados emigrantes, que se contemplaban y cuchichean presas del pánico.

–¡Corsarios! Los corsarios son piratas, y nadie nos había hablado de piratas.

–Yo no me embarco si hay piratas cerca; violan a las mujeres, cortan en pedazos a los niños y arrojan a los hombres a los tiburones.

El intruso alzó los brazos pidiendo calma, y como nadie parecía hacerle caso acabó por subirse a una mesa.

–¡Silencio! No tengan miedo. ¡Escúchenme! ¡Silencio, coño!

Poco a poco el rumor de voces y la agitación se fue calmando, con lo que consiguió imponerse.

–Nadie ha dicho que haya piratas cerca. Tan solo que tenemos noticias de que un grupo de naves corsarias han sido avistadas muy lejos y probablemente se encaminen a las Canarias. Precisamente por eso, y mirando por su seguridad, es por lo que tenemos que zarpar esta misma noche. Les llevaremos tres días de ventaja.

Todos dudaban evidentemente preocupados, y por último se volvieron a Juan Leal, que al parecer se había convertido en su líder.

–¿Tú qué opinas? ¿Deberíamos volvernos a casa y olvidar esta absurda aventura?

El demandado meditó unos instantes, ya que la responsabilidad que estaban echando sobre sus hombros se le antojaba excesiva, observó los ansiosos y famélicos rostros de sus compañeros, y por último respondió:

–Si no nos vamos ahora nos devolverán a Lanzarote, donde puede que no llueva en otros sietes años. Pronto nacerá mi primer nieto y quiero que nazca en una tierra donde le espere un futuro mejor que esta eterna miseria. No obligo a nadie, pero yo y los míos nos vamos. Al igual que Curbelo, mi único equipaje es la esperanza, y siempre la llevo puesta.

* * *

La nieve que cubría el Teide parecía de oro por los reflejos que extraía la primerísima luz de la mañana y se diría que ese brillo se reflejaba en el fondo de los ojos de María Curbelo, que observaba entre fascinada y nostálgica la hermosa silueta del inmenso volcán que iba quedando atrás a medida que el viejo y cochambroso navío se alejaba renqueando, crujiendo y lamentándose.

Permaneció quieta y pensativa, hasta que advirtió que ante sus ojos había aparecido una balanceante jaula en cuyo interior se encontraba un pájaro amarillo y se volvió a observar al padre Ruiz, que era quien se había colocado a su lado y le mostraba la jaula.

–¿Qué es...? –quiso saber.

–Un encargo que te traslado.

–¿Un encargo?

–¡Exactamente! Por lo visto, su Excelencia el marqués de San Miguel de Aguayo, a cuyos territorios vamos, colecciona aves exóticas y ha pedido un canario. Casabuena me rogó que se lo llevara, y visto que el rebaño de mis ovejas es ya muy nutrido, te quedaría muy agradecido si lo cuidaras.

–Con mucho gusto, padre. ¿Cómo se llama?

–De momento «pajarito», pero puedes bautizarlo a tu gusto.

La muchacha meditó seriamente y por último respondió, con absoluta naturalidad:

–Se llamará Maximiliano Alejandro Gustavo Federico de Teguise y Taganana.

–¿No se te antoja demasiado nombre para tan poco bicho?

–Tal vez, pero tenga en cuenta que somos gente tan humilde que ni siquiera tenemos derecho a nombres largos. Todos somos Juan, Pedro, Matías, María, Ambrosia o Jacinta. El presupuesto de los pobres no da ni siquiera para nombres sonoros, pero este canario está destinado a la colección de un marqués y por lo tanto debe tener un nombre digno de tal rango. –Sonrió al tiempo que señalaba con un ademán el mar abierto–: ¿Cree que nos atacarán los corsarios?

–¿Corsarios? ¡Qué corsarios ni qué porras! Por aquí no hay corsarios; lo que ocurre es que ese sinvergüenza de Casabuena se dio cuenta de que si descubríamos el estado en que se encuentra esta pocilga nadie embarcaría. Por eso nos metieron en ella de noche y a toda prisa. Pero ya le escribirá yo una buena carta el rey cuando lleguemos a Cuba. ¡Se le va a caer la peluca!

–¿Realmente cree que llegaremos a Cuba?

–Seguro porque, como dice el dicho, «El sol de los canarios duerme en Cuba pero les despierta recordándoles que pasó la noche en las faldas del Teide».

–¿Y eso qué significa?

–Que Cuba y Canarias están casi en la misma latitud. Para ir basta con observar dónde se pone el sol, y para volver, por dónde sale. No tiene pérdida. –Con un amplio ademán del brazo señaló hacia proa–. ¡Todo recto!

–Dicho así parece fácil.

–Tan solo hay una cosa en verdad difícil en esta vida, hija: aquello que no se desea conseguir. Lo demás es cuestión de tiempo. Y ahora te dejo porque soy un pastor que tiene que ocuparse de un rebaño de ovejas que se marean como cabras. ¿Cuidarás de Maximiliano Alejandro Gustavo Federico de Teguise y Taganana?

–Como si se llamara Pepe.

* * *

Un sol de fuego se encontraba en su cénit y lanzaba sus inmisericordes rayos sobre un mar que semejaba una balsa de aceite en la que flotaba el velero, flácidas las lonas, quieto y como muerto pues no corría ni un soplo de viento y se diría que el océano se había convertido en plomo derretido.

Todos los pasajeros habían subido a cubierta con el fin de aspirar ansiosamente un aire ardiente mientras el mar se mantenía absolutamente inmóvil.

Sudaban los cuerpos y se leía desesperación en los rostros, que observan ansiosos al oficial que portaba un cubo y que iba entregando una miserable ración de agua a cada emigrante.

–No se la beban de golpe. Raciónenla. Nos cogieron las calmas y no sabemos cuánto tiempo pueden durar.

–¿Y por qué nos cogieron las calmas? –inquirió Matías Curbelo–. Si el capitán supiera su oficio esto no habría ocurrido.

–Nadie puede predecir las calmas.

–Un buen marino, sí. Debería haberse desviado hacia el sur.

–¿Sabe mucho de barcos?

–No. Pero sí de vientos, y en esta época del año nunca soplan hacia el oeste.

–¿Y qué quiere que yo le haga? Fue don Bartolomé de Buenacasa, Casabuena, o como coño quiera que se llame, quien insistió en que emprendiéramos el viaje. ¡Vaya a reclamarle a él!

Pero ni don Bartolomé ni nadie tenía influencia en lo que se refería al viento y esa noche, un sordo rumor, como un lamento profundo e indescriptible que surgía de las tinieblas, obligó a abrir los ojos a cuantos dormían en cubierta observándose entre sorprendidos y atemorizados.

–¿Qué es eso?

–¿De dónde viene ese hedor?

Se destacó de improviso una leve claridad que se reflejaba en el agua y casi al instante resonó una campana, a la par que una voz de claro acento extranjero inquirió:

–¡Ah del barco! ¿Quién navega a estribor?

Desde popa un oficial respondió haciendo bocina con las manos:

–«El Santísima Trinidad», con pasajeros y carga con destino a La Habana. ¿Quién navega a babor?

–«El San Juan», con cargamento humano con destino a La Habana.

Inmediatamente el padre Ruiz dio un salto, se aproximó a la borda y aulló fuera de sí:

–¡«San Juan»! ¡Hijos de puta! ¿Cómo os atrevéis a ponerle el nombre de un santo a un barco negrero? ¡Malnacidos! Así os condenen a navegar eternamente en el infierno. Yo os maldigo en el nombre del Señor.

–¡Anda y que te jodan!

–Desgraciados traficantes de carne humana. ¡Malditos! ¡Mil veces malditos!

Se diría que el pobre hombre estaba a punto de lanzarse al mar y nadar hacia el navío, por lo que tuvieron que sujetarlo pues su furia resultaba incontenible.

Poco a poco la luz se fue diluyendo, los lamentos se perdieron en la distancia, y todo cuanto quedó fueron la noche y la voz del religioso:

–¡Sucios negreros! Os odio. Que Dios me perdone cuánto os odio.

Rompió a llorar sin consuelo mientras los emigrantes lo contemplaban impresionados.

CAPÍTULO IV

Los ansiosos rostros de la mayoría de los emigrantes brillaron con una luz de esperanza, visto que los primeros rayos del sol iluminaban una costa muy verde en la que destacaba la dorada línea de anchas playas cuajadas de palmeras.

–¿Cuba?

–Cuba. Te dije que llegaríamos y hemos llegado. El sol nos trajo.

–Pues el viento podría haberle echado una mano –se lamentó María Curbelo.

Juan Leal, que se encontraba cerca, se volvió y sonrió casi por primera vez durante el viaje mientras su único ojo brillaba.

–¡No te quejes! Tienes toda una vida por delante. A mi edad perder casi dos meses sí que es perder mucho, pero al fin estamos aquí.

–Esto no es más que la mitad del camino –le recordó el religioso–. Lo verdaderamente difícil empieza ahora.

Quiso añadir algo, pero se interrumpió porque María reclamaba su atención señalando un punto ante la proa.

–¿Qué es aquello? Parece un cuerpo.

Todos prestaron atención al punto al que se iban aproximando y poco a poco fue quedando claro que se trataba del cuerpo de una mujer que flotaba boca abajo.

Al pasar junto a ella, el padre Ruiz hizo la señal de la cruz, pronunciando unas palabras en voz baja, y todos se persignaron quitándose respetuosamente el sombrero.

Pero el cuerpo aún no había alcanzado la popa del navío, cuando alguien gritó:

–¡Allí hay otro! Y otro más lejos.

Efectivamente, ante los asombrados ojos de los canarios hizo su aparición un rosario de cadáveres que formaban una interminable cadena que parecía querer marcarles el rumbo.

–¿Pero qué diantres significa...? ¿Un naufragio?

–Tal vez el barco de anoche se hundió. Iba cargado de esclavos.

El padre Ruiz, al que se advertía profundamente abatido, negó con firmeza:

–¡No! No se hundió. Es que al saber que están llegando a Cuba arrojan al mar a los enfermos y los débiles.

–¿Que los arrojan al mar? ¿Pero por qué?

–Porque cobran más por el seguro que por un esclavo en malas condiciones. Aguardan hasta el último momento, y a los que saben que no van a alcanzar un buen precio los tiran por la borda.

–¡Pero eso es una canallada! ¡Un crimen sin nombre!

–Si que tiene nombre: «esclavitud». El camino que conduce a Cuba está señalado por los miles de infelices que están siendo sacrificados en el camino, pero algún día se alzarán contra nosotros. Su venganza será terrible y no tendremos derecho a quejarnos.

* * *

Un negro aulló:

–¡Viva Cuba libre!

Alguien le golpeó, se organizó un tremendo alboroto, y al fin lo arrojaron a la calle, con lo que la normalidad volvió a la taberna en la que hombres y mujeres de todos los colores y nacionalidades reían, cantaban, bebían y alborotaban en un ambiente enloquecido que Juan Leal, Matías Curbelo, Alfonso Chiscano –que se había unido al grupo en Tenerife–, y el siempre silencioso Torano Fajardo –que a pesar de ser pescador también había decidido emigrar–, observaban con gesto embobado, ya que aquel era un mundo nuevo cuya existencia jamás hubieran sospechado.

Se habían sentado en torno a una mesa un tanto apartada del resto y que se encontraba presidida por los hermanos César y Martín Armas, dos chicarrones inmensos, juerguistas y pendencieros, que se apresuraban a rellenar los vasos vacíos:

–¡Venga! Que no decaiga la alegría. Todo corre por nuestra cuenta porque hace años que no venía ningún conejero.

–Deberíamos volver a casa. Mi mujer...

–Tu mujer acaba de dar a luz a un hijo precioso y se encuentra estupendamente. Anímate.

–Pero yo...

–¡No hay pero que valga! Habéis pasado meses en ese mar de todos los infiernos y tenéis que poner el cuerpo en forma. –Se volvió a Torano Fajardo–. ¿A que a ti te gustaría pasar un rato con la mulatita del vestido rojo?

–¡No provoques al muchacho! –le recriminó Juan Leal–. En Lanzarote no se ven estas cosas.

–Pues no saben lo que se pierden. Las mulatas son lo mejor que ha producido América. Mejor que el oro, el maíz, el café o el cacao. Son la verdadera sangre de estas islas, y quien no se ha acostado con una mulata no sabe lo que es vivir...

Se interrumpió porque la puerta se abrió violentamente y el negro –que se encontraba visiblemente borracho– hizo de nuevo su aparición para volver a gritar estentóreamente:

–¡Viva Cuba libre!

Cinco o seis parroquianos se lanzaron sobre él propinándole otra paliza y, tomándolo por los brazos y los pies, lo balancearon y lo arrojaron a la calle sin el menor miramiento.

La mayoría de los asistentes reía, pero pronto se olvidó el incidente por lo que Martín Armas llamó con un gesto a la mulata del vestido rojo entregándole unas monedas.

–Llévate a mi amigo y enséñale lo que sabes.

–¿Todo?

–No pido milagros; lo que puedas enseñarle en una noche.

La muchacha aferró a Torano Fajardo por la mano y lo arrastró escaleras arriba, ya que resultaba evidente que el pobre hombre se encontraba bastante afectado por el exceso de alcohol. Cuando ya estaban a punto de llegar a lo alto, la puerta se volvió a abrir y el incombustible negro gritó por tercera vez:

–¡Viva Cuba libre!

Vasos, platos, botellas, cubiertos y toda clase de objetos volaron en su dirección. Una de las botellas le alcanzó en plena frente y el desgraciado cayó como fulminado por un rayo, quedando tendido en el suelo mientras en el local se reiniciaban las risas y el alboroto.

* * *

El sol era fuego y el calor resultaba insoportable, pero la casi totalidad de los canarios se afanaban cortando cañas mientras las mujeres y los niños las recogían cargándolas en los carromatos.

El trabajo resultaba agotador, pero lo llevaban a cabo con tanta alegría que incluso cantaban tratando de animarse los unos a los otros.

Al cabo de un rato, Matías Curbelo decidió tomarse un descanso, se dirigió al lugar en el que Torano Fajardo se encontraba junto a un cubo con agua, y tras secarse el sudor bebió largamente antes de comentar:

–¿Duro, eh?

–Mucho, pero se agradece después de tanto tiempo sin hacer nada.

–¿Te imaginas que en Lanzarote tuviéramos estos campos y tanta agua?

–En Texas los tendremos.

–¿Pero cuándo llegaremos...? Se diría que nadie sabe qué hacer con nosotros.

–Creo que la semana que viene embarcaremos para México. De allí a Texas no hay más que un paso.

–Los pasos aquí son de gigante. Todo es inmenso. ¿Sabías que el mundo era tan grande?

–¡Ni idea! ¡Pero hay tantas cosas que no sé!

–¿Qué te enseñó la mulatita de la otra noche?

–No lo sé.

–¿Cómo que no lo sabes?

–Como que no. En cuanto caí en la cama me quedé dormido. –Asintió una y otra vez con la cabeza antes de añadir–: Eso sí; aprendí que cuando vas a casa de las señoras putas no debes beber porque pierdes el tiempo y el dinero. El sábado volveré, pero sereno.

CAPÍTULO V

Un muchacho con el rostro ensangrentado avanzaba a trompicones por un desierto en el que proliferaban las serpientes, los lagartos y los alacranes. Se encontraba maniatado y la cuerda aparecía atada a la silla del caballo que montaba otro hombre de unos cuarenta años y rostro muy curtido que, cuando su prisionero tropezó y cayó de bruces, le dedicó una fría mirada.

–O caminas o te arrastro.

–¡Por favor! No puedo más.

El jinete le observó impasible, pareció comprender que no estaba en condiciones de dar un paso y lanzó una ojeada a su alrededor hasta clavar la vista en un solitario árbol que se alzaba a corta distancia.

–¡De acuerdo! –admitió–. Ni puedes andar, ni mi caballo arrastrarte. Te ahorcaré aquí mismo.

–¿Aquí? ¿Ahora?

El jinete desmontó y le ayudó a ponerse en pie conduciéndolo hasta el árbol mientras señalaba:

–Para morir cualquier lugar es malo. Y cualquier hora también. ¿Qué más te da este árbol que un patíbulo o el mediodía que la caída de la tarde? Cuanto antes mejor.

–¿Y el juicio? Tengo derecho a un juicio.

El otro se limitó a mirarle.

–¿Estás seguro?

–Digo yo.

–Escucha, mamarracho; admitiste que habías violado y asesinado a un niño de seis años y en ese pueblo viven sus padres, sus hermanos, sus tíos y sus abuelos. Me pagaron para que te encontrara y te encontré, pero te aconsejo que no sigas adelante porque lo pasarás fatal. Deja que te ahorque tranquilamente aquí, sin violencia ni rencores, y mañana les diga dónde pueden venir a visitarte.

–¡Bonito consejo! ¡Dejar que me ahorque! Y además pretenderá que le dé las gracias...

–Pues no estaría de más, ya ves tú. ¿Tienes una idea de la cantidad de golpes, insultos, humillaciones y putadas que te esperan? Lo primero que harán será meterte un cactus por el culo, luego cortarte las bolas y hacértelas comer...

–¡No joda!

–Como te lo cuento. Al menos así podrán decir de ti que te fuiste al otro mundo con la cabeza muy alta.

–Y tan alta. Colgando de una soga. ¡No te fastidia!

Mientras hablaba su captor le había ido conduciendo hasta el pie del árbol, preparando la cuerda y lanzándola por encima de una rama con el fin de colocarle el lazo en el cuello, todo ello sin cesar de charlar afectuosamente como lo haría con un chiquillo incapaz de entender un problema matemático.

–Esa gente es muy bestia; campesinos cuya única riqueza son los hijos, y tú vienes y se los matas. –Chasqueó la lengua negando con la cabeza–. No ha estado bien, nada bien, y comprende que no les crea dispuestos a perdonarte. ¿Sabes rezar?

–El Padrenuestro.

–Con eso basta porque no te va a dar tiempo de mucho más. Empieza ya.

–Padre nuestro, que estás en los cielos, santificado sea tu nombre...

Su impasible verdugo había atado el extremo libre de la cuerda al arzón de su montura, y tirando de ella con suavidad fue elevando al reo, que se estiró y estiró quedando sobre las puntas de los pies colgando en el aire con la lengua fuera.

Se escuchó un sonoro ruido proveniente de la parte posterior del ejecutado, y su verdugo se tapó la nariz con gesto de asco.

–¡Joder! Pedorasta hasta el último suspiro.

Luego se dedicó a atar la cuerda en torno al árbol para dejar el cadáver allí expuesto, y cuando concluyó tomó asiento dispuesto a almorzar, pero advirtió que una nube de polvo avanzaba rápidamente, por lo que le guiñó un ojo al muerto.

–¡A poco más te joden!

Extrajo de sus alforjas una cantimplora, un pedazo de pan y carne seca, y comenzó a comer mientras observaba como la nube de polvo se aproximaba.

El jinete, un joven teniente que aparecía sudoroso y cubierto de tierra, lo saludó desde lejos y al fin desmontó de un ágil salto:

–¡Buenos días, Damián! ¡Dichosos los ojos! Hace una semana que le busco.

–¡Buenos días, teniente! Dichosos los ojos. Hace un mes que buscaba a este.

–Dormí en el pueblo y si le hubieran puesto las manos encima lo despellejan vivo. Aquí está mejor.

Tomó asiento frente al llamado Damián, que le alargó la cantimplora y que inquirió, mientras el otro bebía:

–¿Y a qué viene tanto interés? ¿Otra vez los comanches?

–Es más complicado; me envía el coronel porque en Veracruz acaban de desembarcar varias familias de campesinos consignados al marqués de San Miguel de Aguayo.

–¿Ese payaso? ¿Para qué quiere semejante fantoche campesinos? Lo que necesita es un circo.

–Es lo que yo pensé, pero por lo visto ha convencido al rey de que los franceses de Luisiana están intentando anexionarse Texas a base de establecer colonos, por lo que han decidido que la mejor forma de contrarrestar el peligro es importando españoles.

–¡Vaya por Dios! ¡Pobre gente! ¿De dónde son?

–Creo que canarios.

–¿Y quién los engañó?

–No tengo ni idea, pero el caso es que aquí están y mi coronel le ruega que los guíe hasta Texas.

–¿Por tierra hasta Texas? ¿Es que se ha vuelto loco?

–Usted sabe que mi coronel es un hombre muy cuerdo, pero esas son las órdenes: las familias tienen que ir por tierra para que pasen por la hacienda del marqués y este pueda «examinarlas».

–¡Pero bueno! ¿Qué canallada es esa? De Veracruz a la bahía de Corpus Christi no hay más que cuatro días en barco, pero por tierra serían casi dos meses de viaje por desiertos plagados de fieras, serpientes y pieles rojas.

–Territorio comanche, lo sé.

–¿Y cómo pretenden exponer a mujeres y a niños a semejantes peligros tan solo por el capricho de un estúpido marqués que pretende «examinarlos»?

El pobre teniente no tenía explicación alguna, por lo que dos días después ambos se encontraban frente a un enorme mapa que habían extendido sobre una larga mesa. Sobre él se había dibujado con un grueso trazo rojo la ruta que debería seguir la disparatada expedición.

–Tiene usted razón, Duval, y basta echarle una ojeada al mapa para comprender que lo más lógico hubiera sido llevar directamente a esas familias desde La Habana a la bahía de Corpus Christi, y de ahí a la frontera con Luisiana. El más lerdo lo entiende.

El coronel, un hombre alto, elegante y de aspecto bondadoso que fumaba un delgado habano muy estilizado, tomó asiento al otro lado de la mesa mientras añadía:

–Pero por desgracia nos enfrentamos a una cuestión «política» de la que no me está permitido opinar. Ignoro qué sucios trucos ha empleado el marqués, pero mis órdenes son tajantes: debo enviar a esa gente a Texas, pasando por Saltillo para que los inspeccione.

–¡Es cruel! ¡Injusto y cruel! Debería escribirle al rey explicándoselo.

–¿Tiene idea de cuánto tardaría la respuesta? Seis meses como mínimo. ¿Cree que puedo tener a tantas personas esperando para que al final me obliguen a cumplir las órdenes? No... Usted sabe que no.

–¿Y usted cree que yo no puedo enfrentarme a unas gentes a las que sé que conduciré a las mil penalidades del infierno y tal vez a la muerte sin que se me caiga la cara de vergüenza? La última vez que atravesé esa región juré no volver, y sabe que estoy acostumbrado a las dificultades. ¿Qué será de las mujeres y los niños?

–¿Y cómo quiere que lo sepa? Lo único que sé es que si existe una persona en el mundo capaz de conducirlos hasta Texas con un mínimo de bajas es usted. Por eso le ruego, ¡le suplico!, que acepte.

–Me pide demasiado.

–Pero no lo hago en mi nombre sino en el de esas mujeres y niños que sin usted no sobrevivirían. Yo me limitaré a quedarme aquí sentado, tratando de acallar mi conciencia, pero sabiendo que no puedo hacer otra cosa.

El teniente, que no se había atrevido a abrir la boca, se decidió a intervenir:

–Si Duval no los conduce tendrá que hacerlo Luperón.

–¿Luperón? ¿Luperón el «Patanegra»? –se horrorizó el coronel–. Eso sería tanto como condenarlos a muerte. Y recuerde que nadie le ha dado vela en este entierro.

–¿Pero con qué otro guía contamos?

–Con ninguno, pero es que ese canalla es capaz de asesinarlos y jurar que los mataron los indios. O de robarles y abandonarlos en mitad del desierto.

–¿Y a quién enviamos entonces?

–A usted, pese a que no distingue un toro de un comanche. –Se volvió a Damián Duval–. La otra noche le pegó un tiro a un semental creyendo que era un indio.

–¡Estaba oscuro!

–¡Borracho es lo que estaba! Tengo unas órdenes que cumplir y las cumpliré mal que me pese, y no me han dejado más que dos alternativas: usted o Luperón.

–¡Carajo, coronel! –se lamentó el mencionado en primer lugar–. ¡Qué difícil me lo pone! Bien; iré a echar un vistazo a esa pobre gente. Pero no le prometo nada. Tengo que pensármelo.

Abandonó la estancia y los militares permanecieron muy quietos hasta que el coronel extrajo de un cajón una botella y dos vasos y los llenó con parsimonia.

–¡Genial! Estuvo usted genial interviniendo en el momento oportuno con la frase oportuna. Lo de Luperón le dejo frío.

En ese justo momento la puerta se abrió y Damián Duval asomó la cabeza guiñándoles un ojo:

–Por cierto, y por si no lo sabían, aunque me consta que lo sabían: a Luperón lo mataron la semana pasada.

* * *

Una docena de toscos barracones de techo de palma y puertas y ventanas cubiertas por míseras cortinas hechas de jirones de tela de saco soportaban una lluvia torrencial e inmisericorde que debía llevar horas cayendo, ya que la explanada que conformaba el patio se había convertido en un inmenso barrizal en el que chapoteaban cerdos, perros y gallinas.

Del «edificio» central, que no tenía pared delantera, surgía una monótona letanía y podía advertirse claramente que un pequeño ataúd descansaba sobre soportes, rodeado de velas, flores y mujeres.

Sentados junto a los muros, librándose de mojarse por centímetros, hombres y niños contemplaban cómo diluviaba con el aburrido y apático gesto de quien no confía en que algo cambie, y había tal expresión de desolación en sus rostros que se diría que ya nada esperaban de la vida.

Junto a una de las ventanas de otro barracón colgaba la jaula del «canario», que aparecía tan alicaído como los seres humanos, y junto a él se encontraba María Curbelo, que se aplicaba a leer en voz alta con evidente esfuerzo:

–«*Reales ordenanzas que deberán ser acatadas por los oidores de la corte a partir de día de la fecha, año de gracia de mil setecientos veinte, y que atañen a la conservación...*».

Lanzó un largo suspiro que evidenciaba su fatiga, tomó aire, y al alzar la vista reparó en la figura del jinete que a paso lento de su montura penetraba en esos momentos en el patio sin que al parecer le afectara la torrencial lluvia, ya que se cubría con una larga capa encerada y un chorreante sombrero de ala ancha.

El desconocido detuvo su montura en el centro del patio y fue recorriendo con la vista los rostros de cuantos le observaban a su vez.

Fijó un largo rato la mirada en el humilde féretro de madera de pino para ir a clavarla por último en María Curbelo, a quien se la advertía impresionada por la presencia del curioso personaje, que parecía formar un solo cuerpo con el enorme caballo.

Sin otra ayuda que sus rodillas, Damián Duval ordenó al animal que se aproximara a la pared contra la que se apoyaban Juan Leal, Matías Curbelo y los hermanos Armas, y sin hacer ademán de desmontar inquirió secamente:

–¿Quién es el jefe?

Los cuatro hombres se miraron sin decidirse a responder, y al fin Curbelo señaló al tuerto.

–Aquí no hay jefes, pero puede hablar con él.

El jinete lanzó una ojeada a su alrededor y acabó por agitar la cabeza, pesimista.

–¿Tanta gente sin nadie que tome decisiones? ¡Mala cosa es esa! ¿Son ustedes los isleños que quieren llegar a Texas? –Ante el mudo gesto de asentimiento, añadió–: Yo soy su guía.

–Ya le hemos dicho al coronel que no queremos un guía, sino un barco.

–Pues apañados van, porque yo soy todo lo que piensan darles y ni siquiera sé nadar.

–¡Pero nos prometieron...!

–Amigo, esta es la tierra de las promesas, y puede jugarse el cuello a que más fácil resulta que se hunda en el océano que conseguir que una de ellas se convierta en realidad. ¡Míreme bien! Yo soy todo lo que tienen y o me toman o me dejan.

–Esperaremos el barco.

–De acuerdo.

Hizo un gesto a su montura, chasqueándola para que diera la vuelta y regresara por donde había venido, pero Martín Armas se apresuró a alargar la mano aferrándole la brida.

–Un momento, por favor. Mi hermano y yo vivimos años en Cuba y sabemos que ese barco no va a llegar nunca. Ayúdenos a convencerlos de que pierden el tiempo.

–Cada cual pierde lo que tiene, y yo no lo tengo.

–¡Pero si siguen aquí acabarán muertos! Hay docenas de enfermos.

–Escuche, amigo. Si ustedes no son capaces de cuidarse, no esperen que nadie lo haga. Yo no soy guía espiritual, sino de caravanas, por lo que sus problemas no me atañen. Mi responsabilidad empieza en el momento de dar la orden de partida.

–¿Por qué no entra y come algo mientras discutimos el problema?

Duval se volvió al padre Ruiz, que era quien había hecho la pregunta en el momento de hacer su aparición en la puerta del barracón en cuya ventana se encontraba María Curbelo. Lo estudió de arriba abajo y, por último, sin mucho convencimiento, quiso saber:

–¿Qué clase de comida?

–Gofio.

–¿Gofio? Y ¿qué demonios es eso?

–Entre y lo sabrá.

El otro dudó pero acabó por encogerse de hombros.

–¿Por qué no? Es mayor el hambre que la prisa.

Hizo avanzar unos metros a su caballo, y cuando se encontraba frente al cura dio un ágil salto y cayó en el interior del barracón sin ensuciarse las botas. Desde allí le dio una palmada en el anca a su montura:

–Vete a jugar con tus amigos, pero no te alejes. ¡A ver ese gofio!

El lugar era humilde, casi miserable, con unos cuantos camastros, una mesa y cuatro sillas agrupadas cerca de una rústica cocina hecha de adobe.

María Curbelo continuaba junto a la ventana aún con el libro en la mano, y su hermano aparecía tumbado en un camastro en el momento en que Damián Duval y el padre Ruiz hicieron su entrada y el primero se despojaba del impermeable y el sombrero mientras el segundo le rogaba:

–¿Te importaría atender a nuestro amigo? Quiero reunir a los hombres.

–¡Naturalmente, padre!

–Le dejo en buenas manos –señaló el religioso–. María es una excelente cocinera... –Sonrió amargamente mientras se dirigía a la salida–. Cuando tiene algo que cocinar. No creo que tardemos mucho.

–Tómeselo con calma. La decisión es difícil.

Tras echar una ojeada a su alrededor y guiñarle un ojo a un chiquillo que le observaba desde su camastro, el guía extrajo una renegrida pipa y se dispuso a encenderla.

–¿Les molesta que fume...?

–¡Oh, no! ¡Desde luego que no! Pero la comida estará enseguida.

–Me gusta fumar mientras como.

–En ese caso todo le sabrá a tabaco.

–Más vale que sepa a tabaco que a serpiente, mono o lagartija.

–¿Come serpientes, monos y lagartijas? –quiso saber el niño, visiblemente incrédulo.

–Y cosas peores, pequeño. Mucho peores.

–¿Como qué?

–Gusanos de cactus o saltamontes. Rehogados con un poco de ajo y grasa de iguana no están mal. Sobre todo los muy oscuros, los de alas negras.

María le colocó delante un plato de latón y un cazo con agua mientras le recriminaba, visiblemente molesta:

–No le cuente tonterías al niño.

–¡Pero si es verdad!

La muchacha le observó largamente, llegó a la conclusión de que no mentía, y mientras el otro se afanaba en devorar lo que le había puesto delante, tomó asiento junto a la piedra de moler y comenzó a hacerla girar.

–¿Quiere hacerme creer que de verdad come esas cosas?

Duval, que tenía la boca llena, se limitó a asentir haciéndose la señal de la cruz sobre el corazón.

–¡Dios Bendito! ¡Y pensar que hemos venido con la ilusión de que jamás volveríamos a pasar hambre! –señaló hacia fuera–. Nos quejábamos por falta de agua y desde que hemos llegado no ha hecho otra cosa que llover. ¿Y total para qué? ¿Para tener que comer gusanos y saltamontes?

–También hay quien come cosas normales. ¿Esto es gofio? Está bueno y llena la panza. ¿Cómo lo hacen?

–Con maíz o trigo tostado, que se muele con esta piedra y se amasa mezclándolo con leche, queso, aceite o lo que haya. Los canarios no podríamos vivir sin él.

–Lo comprendo. –Se volvió al niño–: Si comieras más gofio no estarías enfermo.

–Si estoy enfermo es porque no lo había, no porque no lo quisiera.

–¡Listo el chamaco! ¿Tu hermano? –Ante la negativa, añadió–: ¿Y pretendéis llegar a Texas? ¡Vaya por Dios!

–¿Está muy lejos?

–Cuando llegues ya serás una mujer.

–Lo soy hace mucho. La miseria obliga a crecer.

–¡Cierto! Eso es muy cierto. Yo apenas era mayor que tú cuando mate a mi primer comanche. Y matar te hace hombre.

–¿Ha matado a muchos indios?

–Más que cristianos, aunque se lo merecían menos.

–¿Son tan salvajes como dicen?

–Son distintos; el otro día ahorqué a un tipo que había violado y asesinado a un niño. Ningún comanche haría eso.

–¿Ahorcó a un asesino?

–¿Y qué tiene de raro? Los asesinos están para que se les ahorque. ¿O no?

–No lo sé; no recuerdo haber oído hablar de asesinatos. En Lanzarote la gente es muy tranquila,

Guardó silencio un tanto cohibida puesto que en la puerta habían hecho su aparición el padre Ruiz, Juan Leal, Matías Curbelo y los hermanos Armas, que se detuvieron ante Duval.

–Hemos tomado una decisión: iremos con una condición.

–No suelo aceptar condiciones, pero oigámosla.

–Usted estará al mando de la caravana, pero nosotros tan solo recibiremos órdenes de Juan Leal.

El guía meditó con toda parsimonia, y por último afirmó, al tiempo que replicaba con manifiesta cazurrería:

–Por mí de acuerdo, aunque veremos lo que ocurre cuando tenga que decirle a alguien que le pegue un tiro a un comanche y el señor Leal no se encuentre cerca para confirmar la orden. ¡Nos podrán joder a todos!

CAPÍTULO VI

El inmenso volcán destacaba con su majestuosa belleza, contemplando y dando sombra a la caravana, compuesta por una docena de carretas y medio centenar de animales, que iban desfilando a sus pies muy lentamente.

A la cabeza de la expedición marchaba Damián Duval, seguido de cerca por los hermanos Armas y la carreta que conducía Juan Leal. Detrás venía la de Matías Curbelo, a cuyo lado se sentaba María, y algunos isleños montaban en mulas, al tiempo que ocho soldados a caballo cubrían la retaguardia.

El paisaje era increíblemente hermoso, con infinidad de flores que nacían al borde mismo del camino. Algunos lugareños los saludaban y sonreían amistosamente, y una iglesia hacía repicar las campanas en señal de saludo o despedida.

En el interior de una carreta, una mujer comenzó a cantar y pronto la mayoría de las voces se le unieron:

Dices que te vas,
dices que te vas
para la Gomera.
Dices que te vas,

dices que te vas,
pero no me llevas.
Pero no me llevas,
pero no me llevas,
pero no me llevas.
Dices que te vas
para la Gomera...

Damián Duval se volvió en su montura, agitó la cabeza negativamente y su expresión dejó bien claro lo que pensaba.

–Cantar, cantar, que pronto se os acabarán las ganas.

Cesar Armas, que era quien se encontraba más cerca, se colocó a su altura e inquirió molesto:

–¿Por qué está siempre tan amargado? Llevamos una semana de viaje y todo va bien. Esto es precioso, hay comida y la gente está contenta. ¿A qué viene esa cara?

–A que yo sé lo que les espera y ellos no, y a que he comprobado que entre todos ellos no hay ni cinco capaces de mantenerse medianamente en equilibrio a lomos de un caballo, sin contar con que ninguno es capaz de pegarle un tiro a un burro a cuatro metros. ¿Qué pasará cuando nos enfrentemos a los comanches?

–Para eso están los soldados.

–Esa escolta es como el dinero de los banqueros: te lo prestan cuando no lo necesitas. Nos acompañan ahora, que estamos en territorio amigo, pero para cuando empiecen los problemas se habrán vuelto a su casa.

–¿Es cierto eso?

–Como lo oye. Y dígame, si ni su hermano ni usted venían con los canarios, ¿por qué carajo se les han unido en esta locura?

El otro tardó en responder, meditó como si él mismo se hiciera la pregunta, y al fin acabó por encogerse de hombros.

–Son amigos, son paisanos y ya estábamos hartos de dar tumbos de taberna en taberna.

Cinco horas más tarde unas ruinas aztecas protegían por tres lados el grupo de carretas, y en la enorme explanada que se alzaba ante las pirámides, los emigrantes habían encendido varias hogueras en torno a las cuales bailaban acompañados por el sonido de timples y guitarras mientras un improvisado coro lanzaba al aire alegres notas que contrastaban con los monstruos de piedra que adornaban los arcaicos templos.

Corría el vino, los emigrantes parecían felices, los chiquillos reían, los jóvenes intercambiaban miradas de complicidad y las matronas permanecían atentas a que de tales miradas no se pasase a los hechos.

Damián Duval se había acomodado en la cima de una de las pirámides con el pesado mosquete terciado sobre el brazo, siempre atento a cuanto ocurría a su alrededor y, al poco, de entre los que bailaban destacó la figura de María Curbelo, que ascendió por la empinada escalinata con un plato de latón en una mano y un cazo de humeante café en la otra.

–No ha comido nada –señaló aún jadeante–. Le traigo la cena.

–«A boca abierta, ojo cerrado». Cuando se viaja por estos territorios es mejor no llenarse la tripa, o corres el riesgo de que te la llenen de plomo. No me malacostumbres, niña: ese gofio es muy pesado.

–¿Le busco unos saltamontes? ¿O lagartijas en salsa de menta? Las preparo de chuparse los dedos.

El otro hizo ademán de sacudirle un sopapo; la muchacha se apartó y fue a tomar asiento lejos de su alcance.

–Más respeto a tu viejo guía o te abandono en mitad de la selva.

–¿Por qué tiene esa fea costumbre? Usted no es viejo.

–Soy mayor que tu padre. Y estoy más quemado. Dice una leyenda que por cada hombre que matas, el corazón se te envejece un año. ¡Imagínate los que tiene el mío!

–¿Le obsesionan esos muertos?

–Pesan dentro.

–Supongo que tuvo una buena razón para matarlos.

–Las razones parecen buenas al principio, pero a la larga te preguntas si fue necesario matar. Los nativos jamás vinieron a mi casa a molestarme. Era yo quien invadía la suya y además los mataba. ¿Te parece justo?

–No.

–¿Y qué haremos cuando nos ataquen? ¿Dejaremos que nos maten?

–Supongo que tampoco sería justo. ¿Pero por qué tienen que atacarnos?

–Porque cada día somos más los que invadimos sus tierras tratando de robárselas. ¿Te parece lógico que ese cretino de marqués, que tan solo pretende sentirse importante, os haga venir desde tan lejos?

–¿Es esa la razón de nuestro viaje? ¿Que un marqués se sienta importante?

–Conociéndolo, me temo que sí. Le tienen sin cuidado la grandeza de España o la paz de sus colonias. Mide su riqueza por la extensión de sus tierras y el número de sus «súbditos». Es como para un ganadero tener vacas, ovejas o caballos.

–¿Me está diciendo que para él no somos más que ganado? Yo pienso y tengo un alma.

–Tú sí, pero él no, pequeña; esa es la diferencia. Él no piensa, solo desea. Y no tiene alma, solo ambición.

* * *

El marqués de San Miguel de Aguayo, que lucía una inmensa peluca empolvada, un estilizado bigote y una diminuta perilla, se acomodaba a la cabecera de una larga mesa, al otro lado de la cual se sentaba su gordinflona esposa, igualmente empelucada y exageradamente enjoyada.

Todo el comedor aparecía adornado con infinidad de plantas que le hacían semejar una selva, así como docenas de jaulas de pájaros exóticos que no cesaban de cantar y alborotar.

Cuatro uniformados lacayos sudaban bajo sus blanquísimas pelucas, y todo tenía un aspecto cursi y pegajosamente ridículo, como si la mayor preocupación de los dueños de la casa fuera intentar convencerse de que se encontraban en la corte de Versalles o Aranjuez y rodeados de nobles de alto abolengo.

Uno de los lacayos sirvió vino, que el marqués paladeó con aire de experto y asintió para que fuera a llenar la copa de su esposa.

–Excelente este «Cariñena».

–Se me antoja que un poco ácido, querido –le contradijo ella al poco–. Todos los vinos se estropean al cruzar el océano, por lo que lo que deberíamos hacer es cultivarlo en nuestras propias tierras.

–No creo que este sea el clima apropiado. Por cierto, los canarios han llegado a Quaticlán.

–¿Los canarios? ¡Qué bien! ¡Justo a tiempo! Ocuparán la jaula del guacamayo que murió la semana pasada.

–No se trata de esos canarios, querida, sino de los otros; los que trabajan.

–¿Los que trabajan? ¿Y en qué trabajan?

–Labran la tierra y construyen graneros. Se trata de aquellas familias que pedimos para colonizar Texas. ¿Es que no te acuerdas? Nos las envían desde Canarias.

–¿Desde Canarias? ¿A quién se le ocurre? Yo quería andaluces; sus bailes son muy alegres. Seguro que Santana habría conseguido andaluces o gallegos.

–¿Gallegos? ¡Qué horror! Odio las gaitas. Tan solo se trata de labriegos, y tengo entendido que son muy sufridos y magníficos trabajadores.

–¿Y adónde dices que van?

–A Corpus Christi. Pronto pasarán por aquí.

–¿Cuándo?

–Calculo que dentro de tres semanas.

–¡Ah, no! ¡Eso sí que no! –se opuso de pleno la gordinflona–. Dentro de tres semanas los Santana y los Alberique aún seguirán en Monterrey y no pienso gastarme una fortuna en traer a esas gentes para que no las vean. Quiero que lleguen cuando podamos recibirlos con nuestros amigos. Daré una gran fiesta.

–¿Qué clase de fiesta?

–La más fabulosa que se recuerde al sur de Río Bravo. Y cuando esté en su apogeo, aparecerán esos canarios con sus carretas adornadas y sus vestidos de colores. ¡Lástima que no sean andaluces! Las batas de cola son muy vistosas.

–Me gusta la idea. ¿Pero qué hacemos con ellos mientras tanto?

–Que se queden donde están. ¿Qué prisa tienen?

* * *

Una gran calabaza medio podrida se encontraba colocada sobre una piedra y al poco sonó un disparo y una nube de polvo se elevó a unos dos metros de distancia.

Resonó otro disparo y la rama de un árbol se quebró a tres metros de altura mientras el rostro de Damián Duval mostraba desconcierto y casi desesperación.

Diez o doce hombres, entre los que se encontraban los Leal, los Curbelo y los hermanos Armas, se alineaban a unos quince metros de la enorme calabaza, y aunque uno tras otro fueron apuntando con sumo cuidado sus pesados mosquetes, no hubo uno solo que consiguiera aproximarse al improvisado blanco.

Cuando ya todos habían disparado y lo único que habían conseguido eran auténticos desastres, el guía hizo un gesto indicando que todo resultaba inútil y se encaminó hacia un grupo de casas que se distinguían en la distancia.

–¡Mendrugos! Recojan esas balas, que tengo que volver a fundirlas.

Los ineptos tiradores obedecieron avergonzados y cabizbajos, momento en que uno de los chicuelos que había observado la escena agarró una piedra y la lanzó con tanta habilidad que la calabaza estalló en pedazos.

Damián Duval alzó los ojos al cielo como clamando justicia y aún continuaba lamentándose en el momento de sentarse sobre una roca a observar cómo María Curbelo lavaba un enorme montón de ropa en un riachuelo.

–¡A pedradas! Tendremos que quitarnos a los comanches de encima a pedradas. Es inútil cuanto trato de enseñarles; llevo gastados dos barriles de pólvora y no aciertan ni una. Jamás vi gente tan negada.

–Son hombres de paz que les tienen aversión a las armas.

–¿Y a la vida? ¿Acaso no le tienen apego a la vida y a la de sus familias? Porque como no aprendan, los comanches nos van a pasar por tu piedra de moler gofio.

–Hacen lo que pueden.

–Son unos inútiles.

La muchacha se interrumpió en su tarea dirigiéndole una larga mirada de reproche.

–No le permito que hable así de quienes han tenido que soportar en pocos meses más cambios que cualquier ser humano en toda una vida. No puede pedir a unas manos encallecidas de tanto manejar picos y azadas que tengan la sensibilidad necesaria como para apretar un gatillo en el momento justo y sin que les tiemble el pulso.

–Perdona; tal vez me he pasado un poco.

–¡Ya lo creo que se ha pasado! Lo que nos gustaría es que nos permitieran quedarnos en este paraíso, con estos ríos tan bonitos, estas tierras tan ricas y estos pueblos tan limpios.

–Pues no tenéis más que hacerlo. Mandáis al infierno al cretino del marqués y os quedáis en Quaticlán. Sin indios, sin desierto y sin serpientes.

–¡Qué más quisiéramos! Pero nos comprometimos a colonizar Texas y lo haremos.

* * *

En los jardines del pretencioso palacio se celebraba una gran fiesta, por lo que la «nobleza» de la región lucía sus mejores galas, sus pelucas más estrambóticas, sus maquillajes más sugestivos y sus joyas más valiosas.

Una desafinada orquesta destrozaba los tímpanos mientras una veintena de criados de librea y peluca correteaban de un lado a otro portando bandejas.

La fiesta imitaba a una fiesta.

Los nobles imitaban a los nobles.

En el más apartado rincón de la colonia –frontera ya con el desierto–, cortesanos de última fila, que se sentían importantes porque allí eran cabeza de ratón, se afanaban por remedar lo que debía ser un baile de gala europeo, y el resultado era a la vez jocoso y patético, aunque ninguno de ellos lo advirtiera debido a que todos rivalizaban a la hora de ser el más ocurrente, el más elegante, el mejor bailarín o el que con más fuerza atraía al sexo contrario.

Entre unos parterres del extremo del jardín, la gordinflona marquesa inclinaba la cabeza sobre la entrepierna de un teniente, mientras que por su parte el marqués balbuceaba incongruencias a una damisela de rostro empolvado y labios pintados de oscuro, lo que le confería el aspecto de un cadáver recién salido de la tumba.

Un mozarrón negro con una gran bandeja de copas sudaba más de lo normal, debido a que, aprovechando que la amplia falda impedía la visión, una altísima dama vestida de rosa que charlaba con un escuálido petimetre le había desabrochado la bragueta y le sobaba descaradamente sus partes íntimas.

El rostro del pobre hombre, que se esforzaba por mostrarse impasible, era todo un poema, ya que la dama de rosa sonreía entre excitada y divertida, mientras con la otra mano agitaba un abanico con el que se cubría el rostro o golpeaba coquetamente la nariz del petimetre.

Un mayordomo se aproximó al dueño de la casa, le murmuró algo al oído, y este asintió alzando la mano para que la orquesta dejara de tocar.

–¡Silencio! Silencio y apaguen las luces. Todos al jardín, que les tengo reservada una sorpresa.

Los criados soplaron las velas, la escena fue quedando a oscuras y los invitados se encaminaron al jardín, aunque la dama de rosa fue la última en hacerlo puesto que tenía una labor que concluir, y la concluyó con tanto entusiasmo que al fin el extasiado negro lanzó un suspiro y la bandeja se le escapó de las manos.

Al poco, cuando salón y jardines habían quedado en tinieblas y en silencio, al final del camino resonaron los inconfundibles ecos de una «folía» entonada por un centenar de voces, y de entre los árboles surgieron las luces de una caravana que avanzaba con los carromatos y las bestias engalanadas de banderolas y farolillos en lo que semejaba una fantasmagórica romería.

Se elevaron al cielo fuegos artificiales y entre su chisporroteo, las explosiones, las luces de las carretas, las antorchas que portaban los jinetes y los cánticos típicos, la infeliz partida de isleños avanzó sin entender a qué se debía todo aquello y por qué extraña razón una peligrosa expedición hacia lejanas tierras había pasado a convertirse en una absurda carnavalada.

Sorprendidos y admirados, los invitados comenzaron a aplaudir como si en verdad se tratara de un grupo de titiriteros que brindaran un vistoso espectáculo.

Marchando a solas sobre su caballo a unos veinte metros de la última carreta, Damián Duval lo observaba todo con gesto de repugnancia y no pudo evitar lanzar un sonoro escupitajo.

–¡La madre que los parió!

CAPÍTULO VII

El pájaro cantaba en la jaula que colgaba en la carreta en cuyo interior María Curbelo molía maíz mientras el campamento que se había instalado no lejos del palacio del marqués bullía de actividad, ya que la mayoría de los hombres y mujeres se dedicaban a la labor de desmontar los adornos de los carromatos y las bestias.

La cabeza del padre Ruiz hizo su aparición de improviso junto a la jaula.

–¡Buenos días, hija! ¿Cómo has amanecido?

–Triste,

–¿Y eso?

–Hoy me toca separarme de Alejandro Gustavo Federico de Teguise y Taganana, y me da mucha pena.

El cura metió un dedo entre los barrotes de la jaula acariciando al pájaro mientras meditaba cejijunto y se rascaba la calva.

–Lo comprendo. –Le mostró una improvisada jaula hecha de paja que guardaba tras la espalda–. A ver si eres capaz de decirme qué es esto.

–Un canario.

–Eso parece, pero es un «Gorrionus vulgaris» pintado de amarillo, especie única en el mundo y evidentemente exótica, que hará feliz al mentecato del marqués hasta el día en que lo bañe.

–¿Quiere decir que puedo quedarme con Alejandro Gustavo Federico de Teguise y Taganana?

–Puedes quedártelo. A condición de que de ahora en adelante le llames «Pepe».

Se alejó para ir a formar parte de cuantos se agrupaban en torno a Damián Duval, que había extendido un mapa en el suelo y estaba marcando una ruta mientras comentaba:

–Deberíamos ponernos en marcha cuanto antes porque esta estúpida carnavalada nos ha hecho perder demasiado tiempo y si cuando lleguemos al Río Bravo baja crecido no lo atravesaremos nunca.

–¡Pero el marqués ha dicho!

–El marqués es su problema, no el mío. Ya es hora de que le hagan ver que no son sus esclavos ni sus payasos sino hombres libres que aceptaron un trato del que no ha cumplido un solo punto. ¿Hasta cuándo van a permitir que los maneje como a enanos de circo? De aquí en adelante nos espera un infierno, y cuanto más nos retrasemos más infierno será. O le echan cojones o no me responsabilizo del resultado.

–Sabemos que está jugando con nosotros, pero es él quien tiene los víveres, las herramientas, las semillas y todo cuanto necesitamos para sobrevivir –le hizo notar Juan Leal–. ¡Mírenos! La mayoría solo tenemos lo puesto.

El otro agitó la cabeza pesimista y resultó evidente que no sabía qué actitud adoptar.

–¡Dios mío! –masculló–. ¿Cómo se dejaron engañar de esa manera?

–El hambre.

–El hambre, claro. Dios no debería permitir que nadie jugara de esta forma con el hambre ajena. –Observó con evidente conmiseración a cuantos formaban el grupo antes de inquirir–: ¿Qué piensan hacer?

–Pedirle que nos dé lo que nos prometió y nos deje marchar.

–Dudo que acepte. Tenerlos aquí le hace sentirse un auténtico marqués con súbditos a los que mandar, y eso le encanta, porque en realidad no fue marqués hasta que se casó con la marquesa, que a su vez tampoco había sido más que una fregona hasta que se casó con el difunto marqués. Por eso algunos le llaman «El Marqués de Carambolas».

–¡Caray!

–Esos dos son unos advenedizos que se las pueden hacer pasar putas hasta que se aburran, y me juego la cabeza a que ese día los despedirán sin darles nada.

–¡No fastidie!

–¡Tiempo al tiempo! Camino de eso lleva.

–¿Y ahora qué hacemos?

* * *

Esa misma noche, Ramiro Perales, al que por una serie de absurdas circunstancias le había tocado en suerte el pomposo título de marqués de Aguayo, mataba su sempiterno aburrimiento haciendo un solitario cuando un respetuoso mayordomo le comunicó que Damián Duval necesitaba verlo.

–¿A estas horas?

–Dice que es muy importante.

–¡Está bien! Que pase.

Se abrió la puerta y el guía permaneció en el umbral con el sombrero en la mano y el rostro desencajado.

–Buenas noches, Excelencia –saludó con cierta timidez–. Perdone el atrevimiento.

–Buenas noches, Damián. ¿Se puede saber a qué vienen tantas prisas? ¿Cuál es el problema?

–Uno muy delicado, que tan solo puedo tratar con Vuecencia con la seguridad de que nadie pueda oírnos. Solicito permiso para abandonar la caravana.

–¿Abandonar la caravana? ¿Y eso?

–Asuntos personales, Excelencia.

–¿Asuntos personales? ¡Pero bueno! –se escandalizó «El Marqués de Carambolas»–. ¿Qué estupidez es esa? Se comprometió a conducir a esos emigrantes a Corpus Christi y cumplirá su contrato o me encargaré de que pase una temporada en presidio.

–¿Cuánto tiempo?

–¿Y yo qué sé? Un par de años, supongo.

–De acuerdo entonces. Desde este momento dejo de ser el guía oficial de la caravana.

Al otro se le cayeron las cartas de la mano.

–¿Se ha vuelto loco? ¿Está dispuesto a que lo encierren con tal de no seguir adelante? ¿Por qué? Siempre ha tenido fama de valiente.

–Una cosa es el valor y otra la locura. Puedo enfrentarme a los indios, las serpientes, los desiertos y los alacranes, pero hay algo a lo que jamás me enfrentaré a ningún precio,

–¿Y qué es?

–No puedo decirlo.

–Se lo ordeno.

–¡No!

–Recuerde que está a mi servicio por mandamiento real. ¿Qué es eso que tanto le asusta?

El guía dudó, le dio tres vueltas a su sombrero, miró a uno y otro lado como si temiera que alguien pudiera oírle, y por último murmuró algo con voz tan queda que su interlocutor tuvo que alargar el cuello y aprestar el oído.

–¿Cómo ha dicho?

–Viruela.

El horrorizado marqués dio un respingo y a punto estuvo de caer al suelo al tiempo que aullaba:

–¡Viruela!

–¡Chisss! ¿Quiere que se entere todo el mundo?

–¿Pero está seguro?

El hombretón se aproximó hasta rozarle la oreja, y en el colmo del secretismo, señaló:

–Seguro del todo no porque si lo estuviera ya estaría galopando prado adelante, pero en la última semana han enterrado a dos de forma misteriosa, y esta mañana he visto a un niño que tiene todo el cuerpo plagado de manchas rojas... ¿Qué otra cosa puede ser?

–¡Dios Misericordioso! La viruela; la muerte negra y en mi casa. ¿Qué dirán los Santana?

Extrajo del puño de su camisa un pañuelo de encajes, se secó el sudor de la frente, permaneció unos instantes contemplando ausente la danzarina luz de un candelabro y por último se puso en pie y paseó de un lado a otro como un oso enjaulado.

–Hay que sacar a esa gente de aquí... –balbuceó–. Una epidemia de viruela provocada por labriegos traídos por mí significaría la ruina, el descrédito y el destierro.

–Eso si no ha muerto antes; es una plaga de pobres que no respeta a los ricos.

–Tiene que llevárselos esta misma noche.

–Eso levantaría sospechas. Dejémoslo para mañana.

–Mañana entonces. Que les den cuanto necesiten pero que se vayan.

–¿A dónde?

–Al desierto, al infierno, a Texas, o a donde quiera que sea, pero lejos. Le doblaré el sueldo, pero lléveselos.

–Veré lo que puedo hacer, pero no me gusta.

Se retiró como si cargara sobre los hombros todos los pecados del mundo e imaginara que lo enviaban al cadalso, pero cumplió con su trabajo y a media tarde del día siguiente la caravana atravesaba una extensa llanura cubierta de hierba que alcanzaba los ejes de las ruedas.

Los machetes cortaban la maleza abriendo paso a las carretas, ya que a medida que avanzaba la mañana una lujuriante vegetación había ido invadiendo el estrecho sendero que serpentea entre inmensos árboles.

Hacía un calor húmedo y pegajoso que obligaba a sudar a chorros, los rostros mostraban las primeras huellas de fatiga y los mosquitos atacaban por millares obligando a maldecir a los hombres y lamentarse a las mujeres, mientras monos y loros observaban curiosos el paso de aquella pandilla de vagabundos asustados.

A la mayoría de los lanzaroteños aquel mundo de árboles de veinte metros y vegetación impenetrable se les antojaba un planeta cuya existencia jamás pudieron sospechar, y se sorprendieron aún más cuando el tercer día, en un brusco e imprevisible cambio de paisaje, desembocaron en una vasta llanura de rocas, arena y cactus en la que, muy aisladamente, conseguían sobrevivir minúsculos chaparrales.

Era un lugar desolado y muerto; un auténtico desierto abandonado de la mano de Dios en el que tan solo destacaba un pequeño altozano, al pie del cual acamparon.

Damián Duval no tardó en instalarse en la cima recostado en una roca y con el arma entre las piernas, comportándose casi como una estatua hasta que la incansable María Curbelo hizo su aparición portando gofio y café.

–Usted cuida de todos y yo de usted. ¿Jamás descansa? –Tras observar largamente el triste paisaje, inquirió–: ¿Aquí empieza todo, no es cierto? ¿En ese desierto es donde nos enfrentaremos a los indios? –Ante el gesto de asentimiento, añadió–: ¿Cuánto tardaremos en cruzarlo?

–Dos meses; tal vez más.

La muchacha no pudo evitar lanzar un leve silbido de admiración.

–Y pensar que algunos ya están agotados.

–Pues hasta ahora no ha sido más que una broma frente a lo que nos espera, y a menudo me pregunto por qué diablos siguen adelante. México es tan grande que podrían desperdigarse y encontrar buenas tierras en las que establecerse. ¿A qué viene ese estúpido empeño en ir más lejos?

–Juntos empezamos y juntos debemos seguir, o nos convertiríamos en míseros emigrantes desarraigados –fue la tranquila respuesta–. Unidos será como si continuáramos en Lanzarote, con nuestra identidad y nuestras costumbres. Diez familias constituyen una comunidad; una sola acabará siendo absorbida por el entorno. Esa es la diferencia.

–Jamás pensé que pudiera explicarse tan claramente un asunto tan complejo. ¿Recuerdas que te dije que al llegar a Corpus Christi serías toda una mujer? Me equivoqué. Te adelantaste.

–Le respondí que ya lo era, y con tanta vista que tiene para otras cosas, debe ser el único en no verlo. O será que no quiere verlo.

–Será.

–¿Por qué?

–Problemas míos.

–¿Le espera alguna mujer en alguna parte?

–Bajo tierra, pero lejos.

–¿Entonces por qué me ignora?

–No te ignoro, pequeña. Eres tú la que ignora que puedo ser tu padre, y además soy el guía.

–¿Y eso qué tiene que ver? ¿Acaso los guías no son hombres?

–No mientras sigan siendo guías. Cuando alguien me contrata, me confía su honor, vida y hacienda, y jamás traiciono tal confianza. Si algo de ello se pierde es siempre contra mi voluntad. Así es, y así seguirá siendo.

CAPÍTULO VIII

ALICIA SALGADO
1726–1731
DESCANSE EN PAZ

La tumba, solitaria en mitad del desierto, sin más adorno que unas flores secas y una muñeca de trapo, aparecía barrida por el viento, que también barría las marcas de las ruedas de los carromatos que se perdían de vista, constituyendo un macabro símbolo del amargo sufrimiento de un grupo de seres humanos que parecían encaminarse hacia la nada.

El sol era un rojo disco de fuego, y entre él y las cabezas de hombres y animales tan solo se interponía el seco polvo que levantaban las patas de las bestias; un polvo que se agarraba a las gargantas y ensuciaba los rostros de unos desgraciados que empezaban a comprender que Damián Duval no había exagerado al afirmar que aquel territorio constituía una sucursal del peor de los infiernos.

Se trataba de un desierto de tierra rojiza y rocas desperdigadas entre cactus y matas espinosas, sin ningún tipo de sombra, horizonte o rastro de sendero que marcara la ruta a seguir, y por lo tanto tenían que confiar en el instinto y los conocimientos de un guía, que, sin más ayuda que una pequeña brújula, iba marcando el rumbo con el lento paso de su cabalgadura.

Los carromatos crujían dando tumbos sobre las piedras o enterrándose, y semejaban desamparadas naves sobre un mar agitado, tan incómodas que muchas mujeres preferían marchar a pie a sufrir un continuo bamboleo que las mareaba casi tanto como la travesía del océano.

La soledad espantaba puesto que podría creerse que aquel vasto territorio carecía de límites y se prolongaba hasta el confín del universo, y ese miedo se unía a las fatigas del viaje como un insoportable peso muerto.

En un momento dado Damián Duval detuvo su montura mientras observaba un punto en la distancia. Se trataba de un solitario jinete que les observaba a su vez, aunque se encontraba tan lejos que casi parecía un espejismo.

Sin volverse, les comentó a Martín Armas y Juan Leal, que lo seguían a poca distancia:

–Comanches.

–¿Nos atacarán?

–No tienen por qué hacerlo, pero por si acaso será mejor que montemos aquí el campamento y estemos a la defensiva.

Lo hicieron y al caer la tarde dos mujeres se enzarzaron en una tremenda pelea, mordiéndose, arañándose, tirándose de los pelos y arrancándose la ropa, en una lucha tan salvaje que parecían perras rabiosas decididas a dejarse matar antes que soltar su presa pese a que varios hombres intentaban separarlas.

Por fin lo consiguieron y pese a que se insultaban con los peores epítetos e intentaban zafarse para continuar la lucha, Juan Leal logró imponer un poco de cordura.

–¿Se puede saber a qué carajo viene esto, Ambrosia?

–A que esa puta me ha robado el agua.

–¡Mentira, guarra! Esa cantimplora tiene mis iniciales; las marqué al salir.

–¡Pero el agua es mía! La sacaste de la carreta cuando entraste a buscar el cuchillo.

–Mientes, cerda hedionda. Te voy a arrancar los ojos.

–¡Pero bueno! He dicho basta.

–Basta no. Yo la mato.

–¡Pero Jacinta! ¡Que es tu hija!

–Más me valía haber parido un perro que a esta ladrona.

–Veinte latigazos a cada una.

La voz había resonado tan fuerte, tan autoritaria y tan sin posibilidad de apelación, que todos se volvieron para observar a Damián Duval, que continuaba a lomos de su caballo.

–¿Cómo ha dicho?

–Ya advertí que toda pelea se castigaría con veinte latigazos a cada contendiente, fuera quien fuera quien la iniciara. Si alguien tiene quejas sobre el comportamiento de otro miembro de la caravana debe comunicármelo o atenerse a las consecuencias.

–Creíamos que tan solo se refería a los hombres.

–La disciplina en una caravana afecta a todos. Veinte latigazos.

–No voy a permitir que nadie azote a mi mujer y a mi hija –intervino Pedro Quintana–. ¡Váyase al infierno!

El gigantón encendió un cigarro mientras cruzaba una pierna sobre la silla de montar como dando a entender que no tenía prisa.

–En el infierno estamos. Y si no quiere que azoten a su mujer y a su hija, por mí de acuerdo, pero aquí se termina el viaje.

–Repita eso.

–Que aquí se quedan.

–¿Que se quedan aquí? –protestó Juan Leal–. ¿Es que se ha vuelto loco?

–¡No! No me he vuelto loco; tan solo trato de impedir que lo hagan ustedes. Esa es la ley de las caravanas y o la aceptan o se van.

–¡No estoy dispuesto a consentirlo! Mis compañeros me han elegido portavoz, y...

–Usted puede ser portavoz de lo que quiera y por mí como si canta ópera, pero en lo que se refiere a la marcha de la caravana yo soy quien decide, y me consta que si no se acatan las normas nadie llega a su destino. ¡Veinte latigazos a cada una!

Todos se observaban confusos puesto que resultaba evidente que el guía era hombre de firmes convicciones y parecía absolutamente decidido a seguir adelante con el castigo. Pese a ello Juan Leal quiso hacer un último intento:

–¿Y si nos negamos a aceptar sus órdenes?

–¡Por mí encantado!

–¿Qué quiere decir?

–Quiero decir que el contrato se da por cancelado y podré volverme a casa. Al fin y al cabo, ya he cobrado.

–¿Abandonándonos?

–Yo no les abandono; ustedes me despiden.

–¡No se atreverá!

–Pruebe.

–Hay mujeres y niños.

–Y en ellos pienso; si me marcho algunos conseguirán regresar a México, pero si no lo hago y la disciplina se resquebraja morirán sin remedio. O sea que o los veinte latigazos, o antes de que el sol se ponga desaparezco y pueden jugarse el cuello a que no volveré.

Cundió el pánico, por lo que al cabo de una hora Juan Leal, Matías Curbelo, los hermanos Armas y un par de hombres más se encontraban reunidos en torno a una hoguera.

Algunos fumaban mientras Gracia Curbelo se ocupaba de servir café.

Se escuchó un lamento seguido de un llanto histérico y todos permanecieron en silencio hasta que del carro descendió María Curbelo, que portaba una palangana y unos paños ensangrentados.

Arrojó el agua a la oscuridad y se aproximó a su madre consultándole algo al oído, pero esta no tuvo tiempo de contestar, puesto que Juan Leal intervino:

–¿Cómo están?

–¿Cómo quiere que estén? Con el trasero en carne viva. Ha sido una salvajada.

–No entiendo cómo lo hemos consentido.

–Fue un sucio chantaje –protestó Matías Curbelo–. Si amenazaba con irse que se fuera; nos habríamos arreglado solos.

–¿Cómo? ¿Qué sabemos de rutas en el desierto, pozos o indios? Y lo advirtió muy claro: quien se pelee, veinte latigazos.

–Cualquiera diría que le estás disculpando.

–Estoy tratando de ser justo.

–Pero no estás siendo justo con Jacinta y Ambrosia. El viaje es muy pesado, hace calor, pasan sed. En cualquier momento se pueden perder los nervios.

–Esas dos siempre pierden los nervios. ¿Cómo es posible que siendo madre e hija se odien tanto?

–No se odian. Es que tienen muy mala leche.

–Pues ya va siendo hora de que cambien...

Se interrumpió porque de las tinieblas había surgido la silueta de Damián Duval, que fue a detenerse a pocos metros con el fin de desmontar, quitar la silla, que colgó de la barra de un carromato, y tomar su pesado mosquete y una manta, disponiéndose a regresar por donde había venido.

–Venga un momento y tómese un café –le pidió Juan Leal–. Quiero darle las gracias.

El otro le dirigió una larga mirada, dudó, pero al fin se aproximó acuclillándose frente al fuego y aceptando el cazo que le tendían.

–¿Gracias por qué?

–Por haber insistido en que azotaran a ese par de brujas.

–Creía que no estaba de acuerdo.

–Se equivoca; quizá fue excesivo, pero algo había que hacer y yo, que tendré que convivir con ellas allí donde quiera que vayamos, no podía granjearme su odio. Por eso le agradezco que me obligara a castigarlas.

El guía, que había terminado el café, dejó el cazo en el suelo y se puso lentamente en pie.

–Me alegra que lo vea de ese modo, y espero que no vuelva a repetirse.

–¿Es que nunca descansa? Todo parece en calma.

–¿Usted cree? Escuche. ¿Qué es lo que oye?

Todos prestaron atención y lo único que se percibía era el chisporroteo del fuego, los lamentos de las mujeres y unos lejanos aullidos.

–Coyotes.

–Dos son coyotes. El tercero es un comanche.

Hizo un leve gesto de despedida y desapareció en la noche seguido por todas las miradas.

–¡Qué hombre tan jodidamente puñetero! Me pone nervioso.

–Pues a mí me tranquiliza. Cuando vigila, duermo tranquilo. Y ya es hora de irnos a descansar. Saldremos al amanecer.

Se levantaron desapareciendo en sus carromatos o en las sombras, excepto Gracia y María Curbelo; la primera porque se encontraba ocupada en recoger la cafetera y los cazos, y la segunda porque se había quedado como ausente, observando fijamente el punto por el que se había alejado Damián Duval.

–¿Te ocurre algo?

–No, madre. Solo pensaba.

–Pues a tu edad deberías pensar en muchachos y no en viejos que están de vuelta de todo.

–No es viejo. Y es más hombre que cualquier muchacho que conozca. Acabaría con todos con una sola mano.

–Hoy sí, pero dentro de diez años, cuando tu estés en la plenitud de tu vida, le fallarán... –hizo una malintencionada pausa antes de concluir– ...las piernas. Hazme caso, hija; lo que sientes es admiración por alguien que se te antoja un centauro de las praderas, pero eso nada tiene que ver con el amor. El amor es algo muchísimo más profundo. Y más tranquilo.

CAPÍTULO IX

El Río Bravo discurría rojizo, ancho y crecido, rodeado de espesos bosquecillos que contrastaban con la aridez del paisaje que se extendía a partir de una estrecha franja de vegetación a un par de leguas de sus orillas.

Se escucharon voces, órdenes, restallar de látigos, relinchos, mugidos y chirriar de ejes, y por fin la caravana hizo su aparición mientras los animales sueltos apretaban el paso y los emigrantes corrían.

Las escenas que siguieron fueron de incontenible alegría puesto que todos –niños, hombres, mujeres y bestias– se lanzaron al agua dando gritos, chapoteando, bebiendo, lavándose e intentando arrancarse todo el polvo y la mugre que llevaban encima.

Damián Duval era el único que permanecía a caballo, con el arma lista y la vista atenta a la maleza de las orillas, y tan solo cuando pareció cerciorarse de que no existía peligro, se inclinó, tomó agua en la copa de su sombrero, bebió ávidamente y acabó echándose el resto por la cabeza.

Al atardecer de aquel portentoso día que quedaría para siempre en la memoria de los isleños, puesto que marcaba la frontera natural entre México y Texas, el cielo apareciá rojo, tímidas nubes corrían mansamente hacia el oeste, los patos y las garzas volaban en busca de sus nidos, y de espaldas al agua, vestido con toda la pompa de rigor, el padre Ruiz inquiría:

–...y tú, Yaiza Santana, ¿aceptas por esposo al aquí presente Alfonso Chiscano hasta que la muerte os separe?

–Acepto.

–En ese caso, yo os declaro, marido y mujer.

Los novios se besaron, todos corrieron a felicitarlos entre risas y alboroto, y luego se encaminaron al punto en que se estaba asando una vaca mientras Damián Duval se alejaba hacia la orilla y observaba la corriente como si estuviera tratando de averiguar qué peligros escondía.

Tomó asiento al pie de un árbol y permaneció quieto y pensativo hasta que hizo su aparición el padre Ruiz.

–¿Por qué no se une a la fiesta? –quiso saber–. Es un día de alegría.

–¿Usted cree? El río viene crecido, no he encontrado un solo vado mínimamente fiable, y debe haber más comanches ocultos entre aquella maleza que pulgas tengo en los sobacos. Suerte tendremos si esa pareja consigue consumar en paz su matrimonio.

–Sigue sin confiar en Dios.

–En quien no confío es en los comanches. Somos pocos y mal armados, y aunque sus costumbres les prohíben atacar de noche, creo que en esta ocasión son muy capaces de hacerlo.

–¿Por qué?

–Por los caballos. Al principio les aterrorizaban, pero muy pronto se acostumbraron a ellos y se han convertido en los mejores jinetes de la Tierra. Para un guerrero, poseer un caballo es lo máximo a lo que se puede aspirar. Y nosotros tenemos muchos.

–¡Dios quiera que se equivoque! –El religioso aguardó a que un muchacho que venía a buscar agua con un cubo se alejase, antes de añadir–: Hay otra cosa de la que me gustaría hablarle.

–¿Y es...?

–María.

–¿Qué le ocurre?

–Usted sabe bien lo que le ocurre. Y es una niña.

–Lo único que le ocurre es eso, padre; que es una niña, pero eso es algo que se cura con los años.

–Confiemos en ello.

–No se inquiete; sé cómo ponerme el sombrero para que no se me reseque la sesera, y cómo cabalgar para que no se me recaliente la entrepierna. Es la criatura más dulce que he conocido y no corre peligro.

–Me alegra oírlo.

–¿Y qué otra cosa esperaba? ¿Que abusara de ella o me casara...? Para lo primero soy demasiado decente; para lo segundo demasiado inteligente.

–Sería una buena esposa.

–Saber que una mujer joven está esperando inquieta el ánimo cuando andas lejos. Me ocurrió una vez, y no quiero que se repita. Lo único que me queda en la vida son caminos por conocer. Y quiero conocerlos solo.

–Pues no le envidio. Todo hombre necesita de Dios o de una mujer, y si prescinde de ambos acabará tristemente.

–Yo jamás he prescindido de Dios, pese a que tengo muy claro que él ha prescindido de mí, o por lo menos me mantiene momentáneamente aparcado. Y más les vale que le dé un buen toque de atención porque ya no se trata solamente de mí, sino de esa pobre gente, que las puede pasar canutas.

–Haré lo que pueda.

Se alejó, decidido a intentar mediar con quien tuviera las necesarias influencias, dejando a Damián Duval, al que pronto se le unieron Juan Leal y tres hombres más que vigilaban, aunque en realidad tan solo los dos primeros permanecían alerta, ya que los restantes –que probablemente habían abusado del vino– no podían evitar dar cabezadas.

En un momento dado un matojo se movió y un búho prestó atención.

Luego se percibió una especie de leve susurro, algo se deslizó entre la maleza y Damián Duval alzó el percutor de su arma en el momento en que una nube ocultó la luna.

Se escuchó un lamento que provenía del más apartado de los carros, el búho volvió a inquietarse y de improviso el mundo pareció estallar con un estruendo de cacerolas, zambombas, guitarras y trompetas debido a que los mozos de la caravana les estaban dando «La Serenata de Bodas» a los recién casados, que se vieron obligados a saltar de la cama viendo como su primer acto de amor se veía súbitamente truncado.

Durante unos instantes algunos no comprendieron qué demonios estaba ocurriendo Duval fue de los primeros en desconcertarse por lo que, tras encararse el arma dispuesto a disparar, permaneció con ella en alto como alelado, sin saber qué partido tomar.

Resonaron risas y cánticos, se encendieron antorchas, y varios hombres y mujeres hicieron su aparición uniéndose a la juerga, mientras Alfonso Chiscano dudaba entre pegarse con los que le habían cortado «la inspiración» o echarse a reír aceptando la bota de vino que le ofrecían.

Duval acabó por encararse a Juan Leal, inquiriendo furioso:

–¿Se puede saber qué coño ocurre? ¿A qué viene este escándalo?

–Es una vieja costumbre de las islas. Los amigos del novio tienen que averiguar el momento exacto en que la cosa está a punto y fastidiársela.

–¡Pues vaya unos amigos! Y vaya un momento que eligieron. Casi me cargo a uno. ¿Por qué no me avisó?

–¿Cómo iba a pensar que en semejante situación estarían para bromas?

En esos momentos resonó una voz angustiada:

–¡Los caballos! ¡Los caballos! Se llevan los caballos.

Los dos hombres echaron a correr, justo a tiempo para comprobar cómo, aprovechando la confusión del momento, una docena de pieles rojas habían montado en otros tantos animales y se perdían de vista en las tinieblas.

* * *

A media mañana del día siguiente, muebles, baúles y barricas se amontonaban en el suelo ante el visible desaliento de unos desolados isleños, que comprendían que la mayor parte de sus escasas pertenencias tenían que ser abandonadas.

Damián Duval no dudó en encararse a ellos:

–Siento obligarlos a desprenderse de todo esto, pero se trata de salvar vidas. Con las bestias que quedan no podemos cargar más que con agua, armas y víveres.

–¿Pero qué vamos a hacer sin piedra de moler? –protestó María Curbelo–. Es la única que tenemos.

–Pesa demasiado.

–Yo peso más. Iré a pie.

–Es un camino muy largo.

–Más largo lo será sin gofio.

–De acuerdo; si crees que una piedra de moler vale más que tú no voy a llevarte la contraria... ¡En marcha!

–¡Un momento! –intervino Torano Fajardo, que apenas había pronunciado un centenar de palabras durante todo el viaje–. Si alguien me ayuda tal vez pueda llevar todo esto a Corpus Christi.

–¿Por el río...? –aventuró Juan Leal.

–Por el río –admitió, seguro de sí mismo–. Si consiguiéramos llegar al mar creo que en tres o cuatro días alcanzaríamos las costas de Corpus Christi.

–Pero no tienes ni idea de cuál es la longitud ni la fuerza del río. Por algo le llamarán Bravo.

–Por lo que veo transcurre por terreno muy llano, o sea que no debe ser tan bravo –señaló quien se había pasado la mayor parte de su vida pescando en mar abierto, por lo que poco entendía de ríos–. Y aunque no fuera así, prefiero ahogarme que morirme de sed en ese puto desierto.

–En eso estoy de acuerdo –comentó Martín Armas.

–Y yo –puntualizó su hermano–. Cuenta con nosotros.

–¿Sabéis nadar? Porque no llevaré a nadie que no sepa nadar.

–Como patos.

–Yo también sé nadar... –se apresuró a señalar Ginés, el hijo mayor de Matías Curbelo.

–¡Y yo!

Todos los ojos se volvieron hacia Ambrosia Quintana, que era quien había alzado la mano, y que añadió, como si estuviera comentando lo que pensaba cenar esa noche:

–Cualquier río es mejor que pasarme la vida peleándome con mi madre.

–Tú lo que quieres es acostarte con ellos sin que yo te lo impida. ¡Putón!

–¡Calla bruja!

–¡Guarra!

–Ambrosia es mayor de edad y tiene derecho a acostarse con quien quiera –intervino secamente Juan Leal–. O sea que se va y así todos viviremos más tranquilos. Tal vez cuando volváis a encontraros hayáis recuperado el sentido común y sepáis lo que significa ser madre e hija.

–Yo ya no tengo hija, pero juro por mis muertos que...

–Una palabra más y ordenaré que te propinen otros veinte azotes. Y en este caso el responsable no será Duval sino yo.

–¿Y tú qué dices, calzonazos? –inquirió la belicosa mujer volviéndose a su marido–: ¿Vas a permitir que este cornudo trate así a tu mujer?

–No solo voy a permitírselo, sino que opino que deberían ser cuarenta, porque está claro que con veinte no aprendes.

Pese a tan contundente respuesta Jacinta aún quiso decir la última palabra, pero el látigo de Damián Duval restalló junto a su oreja, por lo que optó por cerrar la boca y alejarse mascullando insultos.

Restablecida la paz, Juan Leal se volvió a Torano:

–¿Estás seguro de que eso es lo que quieres?

–Donde hay agua hay vida, y aquí hay agua, mientras que en ese maldito desierto tan solo hay muerte.

–Si por mí fuera también elegiría ese camino, pero son pocos los que saber nadar, por lo que correríamos demasiados riesgos.

–¿Y por qué no avanzáis paralelos al río hasta llegar al mar?

–El camino sería casi tres veces más largo –intervino Duval–. Y al llegar a la costa nos encontraríamos con el mismo desierto y la misma falta de agua. Sería un mes más de viaje para nada.

–Entiendo.

–¿Qué necesitas?

–Armas y herramientas.

–¿Medicinas?

El otro negó decidido:

–A los niños y a los mayores les harán más falta.

–Esperemos que no.

–Nos veremos en Corpus Christi.

–¡Dios lo quiera!

Quizás la despedida fue excesivamente larga debido a que era la primera vez que se separaban, pero en cuanto las carretas se alejaron y los brazos dejaron de decirse adiós Ambrosia Quintana comentó:

–Que quede claro que lo que dijo mi madre es falso. Pienso llegar virgen al matrimonio, le pese a quien le pese, y si alguien me toca un pelo lo lamentará. –Se encasquetó el sombrero y se frotó las encallecidas manos, al tiempo que añadía–: Y ahora, que alguien me explique cómo coño vamos a transformar esta mierda de carretas en algo capaz de flotar.

–Lo primero que tenemos que hacer es quitar las ruedas, los ejes y todas las partes metálicas, dejando tan solo «las cajas» de madera.

–Pero son cuadradas. Jamás he visto un barco cuadrado.

–Lo que importa no es la forma, sino que flote.

–Pues no sé cómo diablos va a flotar si tiene más agujeros que mis bragas.

–Haz lo que te digo y deja que yo me ocupe del resto. ¡Y vosotros! –añadió Torano dirigiéndose a los hermanos Armas–, cavad un hoyo que os llegue al pecho y encender un buen fuego con ramas gruesas para que queden brasas.

–A sus órdenes, mi capitán.

–Menos coña, que es importante. Ahora vuelvo.

Se apoderó de un fusil, una pala y un saco, y se perdió de vista entre los árboles.

–¿Crees que sabe lo que hace?

–Más que yo sí, o sea que vamos a cavar ese hoyo y a hacer fuego.

Cuando el pescador volvió una de las carretas esta había quedado reducida a una «caja de madera» y varias ramas muy gruesas se consumían lentamente en el fondo del pozo, por lo que Torano Fajardo asintió satisfecho vaciando el contenido del saco.

–¿Qué es esto? –quiso saber Ginés Curbelo.

–Raíces de pino.

–¿Y para qué sirven?

–Para hacer brea.

–¿Brea de calafatear?

–Exactamente.

–Jamás se me habría ocurrido que la brea se obtuviera de raíces.

–Será porque nunca has tenido que calafatear.

–Será por eso. ¿Y ahora qué hacemos?

–Colgar las raíces y dejar que con el calor destile la brea. Pero llevará un par de días.

–¿Y qué prisa tenemos? Aquí hay agua, buena pesca y buena caza. Y lo que me gustaría saber es qué carajo se nos ha perdido en Corpus Christi.

–Nada, pero la ley nos obliga a ir, y si no lo hacemos seremos prófugos.

–Nosotros no –se apresuró a puntualizar el mayor de los hermanos Armas.

–Vosotros no –admitió el pescador–. Vosotros estáis aquí por descerebrados, que es peor.

–¡Quién fue a hablar...! No tienes familia, no estabas obligado a abandonar Lanzarote por el tributo de sangre, pero aquí estás. ¿Por qué?

El otro alzó ligeramente un sombrero, que no solía quitarse ni para dormir.

–¿Ves esta calva? ¿Y esta boca torcida? ¿Y esta piel tan quemada que parece de lagarto? ¿Qué mujer me habría mirado en una isla en la que ya apenas quedaban mujeres? Al menos en Cuba conocí a dos.

–Serían putas.

–Si te parece iban a ser vírgenes. ¡No te jode! Pero es que en Lanzarote por no haber ni siquiera había putas.

–Pues me alegra que así fuera y que ahora estés aquí, porque esto de construir barcos es más divertido que tragar polvo.

CAPÍTULO X

Una nube de polvo se elevó en el horizonte, ocultó el sol y poco a poco fue creciendo hasta el punto de conseguir que la primera hora de la tarde pareciera el anochecer.

–¡Dios Santo! ¿Qué eso?

Por primera vez Damián Duval dio muestras de perder la calma.

–Un tornado.

–¿Un qué?

–Un tornado. Y como venga hacia aquí nos mandará al infierno.

–En Lanzarote se formaban algunos –admitió Juan Leal–. Pero muy pequeños.

–Pues aquí suelen ser gigantescos y no dejan títere con cabeza. He visto a gente salir volando.

–¿Y qué podemos hacer?

–Rezar.

–¡Vaya un remedio!

–¡Escuche! –señaló el guía–. Recemos para que elija otro rumbo, pero mientras tanto debemos atar a los animales para que no se espanten. Así que manos a la obra.

Dio ejemplo obligando a su montura a tirarse al suelo y con una gruesa soga le ató las patas tapándole la cabeza con un saco, por lo que de inmediato el resto de los expedicionarios lo imitaron y a los pocos minutos la mayoría de las bestias se encontraban inmovilizadas.

Al poco el guía extrajo su fusil de la funda, tomó asiento y apuntó directamente al vórtice del tornado.

–¿Que pretende hacer? –quiso saber el tuerto en un tono abiertamente burlón–. ¿Matarlo?

–¡No diga tonterías! En esta jodida llanura no existen puntos de referencia por lo que estoy intentando determinar si cambia de rumbo o viene hacia nosotros.

–El que sabe sabe.

–Y el que no sabe está mejor callado. Que se metan bajo las carretas y se aten los unos a los otros.

Obedecieron debido a que el monstruoso embudo parecía dudar sobre qué dirección tomar al tiempo que un ensordecedor estruendo hacía enloquecer.

Quienes no lloraban gemían.

Quienes no gemían lloraban.

Recorrer miles de leguas para acabar siendo engullidos por una bestia impalpable constituía un capricho del destino demasiado cruel y absolutamente inimaginable.

A los aterrorizados isleños jamás se les pasó por la cabeza que pudieran enfrentarse a un enemigo ante el que se sentían absolutamente impotentes.

Llegó una racha de viento que fue como una llamada de advertencia de los golpes que estaban por venir, y al poco docenas de rayos surcaron el cielo convirtiendo la prematura noche en una feria.

Siguieron momentos de insoportable tensión, hasta que el vozarrón de Damián Duval gritó:

–¡Se va! Se va hacia el este...

En efecto, el vórtice se desplazaba lentamente y ahora tenían como referencia una columna de fuego de casi treinta metros que se alzaba en el punto en que había caído un rayo.

–¿A qué se debe eso? –quiso saber Matías Curbelo.

–A que es «aguamala».

–¿Cómo ha dicho?

–He dicho «aguamala».

–¿Y a qué viene ese absurdo nombre?

–A que rezuma de las rocas, es grasienta y forma pozos. Los rayos le han prendido fuego, por lo que ahora estará ardiendo durante semanas.

–¿Pozos de agua que arde? –se sorprendió María Curbelo casi negándose a aceptarlo.

–Por aquí hay bastante. Y son una maldición; a su alrededor no crece nada y si los animales beben se enferman.

–¡Pues sí que ocurren cosas raras en Texas!

–¡No lo sabes tú bien, pequeña! No lo sabes tú bien. Para lo único que sirve esa porquería es para empapar un trapo y hacer antorchas.

–¿Y a donde vamos también existen esos charcos?

–No que yo recuerde.

–¡Menos mal! ¿Y ahora qué hacemos?

–Descansar porque el día ya ha sido bastante movido y ni siquiera necesitaremos encender fuego.

Tenía razón; la dura jornada había puesto a prueba los nervios de quienes parecían haber llegado al límite de su capacidad de resistencia, por lo que acamparon allí mismo.

Fue una noche inquietante por la proximidad del fuego y el acre olor que despedía, y al amanecer les alarmó descubrir que cinco jinetes fuertemente armados los observaban desde media legua de distancia.

Damián Duval se apresuró a montar y salir a su encuentro.

–¡Buenos días! –los saludó.

–¡Eso depende! ¿Quiénes son?

–Inmigrantes canarios.

–¿Inmigrantes... qué?

–Canarios: españoles con destino a las tierras del marqués de Aguayo. Yo soy su guía.

–¿Negros?

–No.

–¿Hay algún negro entre ellos?

–Le he dicho que no. ¿Pero qué pasaría si los hubiera?

–Que no queremos negros en Texas. Ya tenemos bastantes con los esclavos que huyen de Luisiana para tener que bregar con los que vengan de México.

–¿Y qué delito han cometido? Bastantes problemas tienen con ser esclavos.

El que se había convertido en portavoz del grupo, un pelirrojo pecoso y esmirriado que no podía ocultar sus ansias de desahogar sus frustraciones sobre alguien a quien pudiese considerar inferior –cosa a todas luces difícil–, pareció calcular las posibles consecuencias de sus actos y llegar a la conclusión de que no valía la pena correr riesgos.

–¡Está bien! –mascullló–. Si me da su palabra de que no hay negros, les dejaremos pasar.

–¿Acaso este territorio es suyo? –Duval señaló a un jinete que había aparecido en la distancia a espaldas del grupo–. Tenía entendido que pertenecía a los comanches.

Los cinco se volvieron y no debió gustarles la presencia del indígena.

–Eso es lo que ellos creen, pero pronto en Texas no habrá espacio ni para negros ni para comanches.

–¿Y para canarios?

–De momento sí.

–¡Por cierto...! –intervino otro de los miembros del grupo, que no había perdido detalle de cuanto se decía–. Si es guía de caravanas, ¿no será por casualidad Damián Duval?

–Lo soy, pero no por casualidad.

–¿El que ahorcó a un pederasta?

–El mismo.

–Pues ándese con ojo porque el padre del chico le anda buscando.

–Era un sádico, un violador y un asesino de niños.

–Lo sé, pero hay padres que aceptan que sus hijos violen niños, pero no que sus hijas pierdan el virgo. Ese es de esos.

–¿Sabe cómo se llama?

–Montojo. Raimundo Montojo.

–¡Ah, sí, claro! Aquel degenerado también se llamaba Montojo. Me costó Dios y ayuda atraparlo.

–Debió entregárselo a las autoridades.

–Eso hice.

–¿Ahorcándolo?

–Ya se les había escapado una vez y no era cuestión de correr riesgos, por lo que se lo entregué a la máxima autoridad que conozco.

–¡De acuerdo! –intervino el esmirriado, al que sin duda le inquietaba la lejana presencia del comanche–. Ya está bien de cháchara. Si no hay negros nos vamos.

Se fueron por donde habían venido y cuando el guía volvió y Juan Leal le preguntó quiénes eran se limitó a responder:

–Buscan negros.

–¿Por qué?

–No les gustan. Si los encuentran los esclavizan o los maltratan, o sea que den gracias a Dios por ser isleños.

–También nosotros estamos siendo maltratados sin ser negros –le hizo notar María Curbelo.

–¿Es así como te sientes? ¿Maltratada?

–Así es.

Así era en efecto, puesto que desde que tenía uso se razón su vida había estado ligada al hambre, la sed, la miseria y una piedra de moler que ya hacía girar cuando apenas tenía fuerzas para mantenerse en pie.

Primero lo hizo por ayudar a su madre o su hermano, y más tarde porque no le quedaba otro remedio si pretendía no morirse de hambre.

Los hombres tenían que deslomarse en la agotadora tarea de limpiar los campos porque un año antes de que se vieran obligados a abandonar Lanzarote, la noche del primero de septiembre de mil setecientos treinta, una gigantesca erupción conocida como «La del Huerto del Cura» había sacudido la isla, cambiando una cuarta parte de su fisonomía, sepultando nueve pueblos en los que murieron la mayoría de sus habitantes y cubriendo el resto de lava y cenizas.

Curiosamente, el relato oficial de tan apocalíptica catástrofe lo había hecho su propio tío, Lorenzo Curbelo, a la sazón párroco de Timanfaya, que era el punto en que había comenzado la erupción y donde la tierra continuaba tan caliente que se podía asar un cordero sobre un pozo abierto sobre las rocas.

Muchas noches, al cerrar los ojos intentando dormirse, a María le acudía a la mente la vieja cantinela:

Santa Bárbara, aplaca al volcán.
San Ginés, concede esa merced.
Santa Bárbara, no muevas la tierra.

San Ginés, quítanos la sed.
Santa Bárbara, apaga el fuego.
San Ginés, mójanos los pies.

Su infancia había transcurrido por tanto bajo el maltrato, no de su familia o de otras personas, sino de una naturaleza tan extremadamente hostil que había terminado por expulsarla de su hogar.

Y ahora, tanto tiempo después y ya tan lejos, la naturaleza parecía disfrutar persiguiéndola, enviándole tornados y obligándola a cruzar desiertos en los que hasta el agua se convertía en fuego.

¿En qué cabeza cabía semejante disparate?

Se tenía que estar muy loco para aceptar que algo tan absurdo pudiera ocurrir ni tan siquiera en Texas, y aún más para imaginar que doscientos años más tarde, y gracias al agua que ardía, semejante secarral se convertiría en uno de los lugares más ricos del planeta.

CAPÍTULO XI

Cualquier parecido con un barco era mera coincidencia.

Pero flotaba.

Y no solo flotaba; era capaz de soportar el peso de cinco adultos considerablemente desnutridos, armas, municiones y enseres varios, incluido un gran espejo con un precioso marco de caoba.

Su dueña, que había cargado con él desde Lanzarote ya que lo había heredado de su abuela y era lo más valioso que nunca tuvo su familia, había llorado lágrimas al abandonarlo, por lo que Ambrosia insistió en embarcarlo, aunque prometiendo que sería lo primero que arrojaría por la borda si representaba algún problema.

–Doña Adelaida hace el mejor «mojo picón» de la isla y siempre me regalaba un frasco –comentó a modo de justificación–. Me encantaría poder devolverle su espejo.

Soltaron amarras, Torano se puso al timón mientras sus compañeros de singladura se colocaban en las cuatro esquinas armados de largas pértigas con las que se impulsaban clavándolas en el fondo o en las orillas, y no tardaron en darse cuenta de que el tan pomposamente denominado Río Bravo podía ser muy peligroso en ciertas épocas del año, pero que, usando un término netamente taurino, en aquellos momentos más que un «bravo» era un «manso».

Indeciso, caprichoso e incluso enervante.

Se suponía que viniendo del noroeste se dirigía al sureste, pero cada media legua[2] cambiaba de opinión serpenteando como un niño malcriado al que había que vigilar atentamente, puesto que aunque inofensivo en apariencia de pronto hacía su aparición un tronco que flotaba a media agua o la afilada punta de una rama que podía desfondarles la endeble embarcación.

En sus proximidades abundaban los pumas, los jaguares, los chacales y los coyotes, pero no se apreciaba presencia humana, lo cual resultaba desconcertante.

–¿Por qué no hay comanches?

Los hermanos Armas opinaban que debería deberse a que les gustaba tanto montar a caballo que preferían una pradera por la que correr a un río flanqueado por espesos bosques en el que apenas podrían dar un paso. Eran bravos guerreros que atacaban al galope y a pecho descubierto, no merodeadores aficionados a las emboscadas, aunque Ambrosia Quintana y Ginés Curbelo lo achacaban a que preferían vivir en las llanuras en las que sus centinelas podían ver llegar al enemigo.

Fuera como fuera el viaje por el río resultaba plácido, con abundancia de caza, pesca y sobrado tiempo para ha-

---

2 Una legua es poco menos de cinco kilómetros.

blar del futuro y de lo que pensaban hacer cuando llegaran a su destino.

Aunque a decir verdad ninguno lo tenía muy claro, y en especial Torano Fajardo, que echaba de menos el mar y una barca decente.

Al cuarto día el cauce comenzó a desparramarse en lo que parecía constituir un gigantesco estuario, un pantanal sin límite aparente en el que se alzaban desperdigados islotes cubiertos de vegetación y en cuyas orillas tomaban el sol docenas de caimanes.

Excepto por los caimanes todo resultaba idílico, pero a las pocas horas se encontraron rodeados por una docena de hombres armados que sorprendentemente no eran pieles rojas sino negros retintos y que hablaban un mal castellano pero un perfecto inglés.

–¿Y estos de dónde coño han salido?

–Del mío no, te lo aseguro –señaló de inmediato Ambrosia–. Deben ser esclavos fugitivos; de esos a los que llaman «cimarrones».

–¿Y por qué hablan inglés?

–Supongo que porque han huido de Jamaica, y por lo que yo sé es una de las pocas islas inglesas del Caribe.

–¿Y eso qué tiene que ver?

–Que los ingleses consideran que los esclavos valen menos que los perros, por lo que se les puede maltratar e incluso matar.

En eso, como en tantas otras cosas, Ambrosia tenía razón; Port Royal había sido la capital de la isla de Jamaica y durante su época de mayor esplendor su amplia bahía había servido de refugio a un gran número de barcos piratas que atacaban los galeones españoles cargados de tesoros, pero el siete de junio de mil seiscientos noventa y dos fue totalmente destruida por un terremoto, y visto que el nuevo puerto, Kinston, no ofrecía garantías a la hora de proteger naves piratas, la Corona británica decidió crear la «Company of Royal Adventurers Trading to Africa» –Sociedad Real de Aventureros de Comercio con África– que llegó a transportar más de cien mil esclavos al año durante casi medio siglo. Como los fundadores de tan tristemente famosa «compañía» habían sido la reina María, el príncipe Ruperto y el duque de York, no es de extrañar que sus súbditos acabasen por aceptar la teoría de que lo que Su Graciosa Majestad patrocinaba debía ser necesariamente justo. A su modo de ver, y dado que la mayor parte de los aborígenes de las Indias Occidentales habían desaparecido víctimas de las epidemias importadas por los europeos o de las guerras propiciadas por esos mismos europeos, la única forma lógica que quedaba de poner en explotación sus plantaciones era a base de importar una mano de obra sumisa, fuerte y capaz de sobrevivir al agobiante clima tropical. Y esa mano de obra tan solo podía encontrarse en el continente negro.

En la mayoría de los países las leyes concedían a los esclavos un incuestionable derecho a conseguir su libertad, bien fuera pagándosela o por expreso deseo de sus dueños, pero en Jamaica esa práctica jamás se llevaba a cabo ya que las autoridades se las ingeniaban a la hora de conseguir que de una forma u otra los libertos acabaran entre rejas, lo cual concedía a cualquier blanco la posibilidad de convertirlo en su «siervo» por el sencillo procedimiento de abonar la mísera fianza que señalaba la ley.

Y nadie se sentía capaz de delimitar la estrecha línea que diferenciaba las condiciones de vida de un «siervo» de las de un esclavo.

Para justificar tan flagrante infamia las autoridades jamaicanas se limitaban a señalar que no se podía consentir que «delincuentes habituales» se dedicaran a vagabundear por la isla, ni mucho menos tuvieran que ser eternamente alimentados por el resto de la «sociedad».

No era por tanto de extrañar que en cuanto se les presentara la menor oportunidad los negros jamaicanos se echaran al mar, prefiriendo la compañía de los tiburones a la de sus no menos sanguinarios patrones.

Dado que se les consideraba casi como bestias, a los fugitivos se les otorgaba el título de «cimarrones», que era el nombre con el que normalmente se conocía a todo animal doméstico que decidiera asilvestrarse.

Poco les importaba tal denominación a cuantos habían conseguido la libertad, por lo que casi un centenar de «cimarrones» se habían asentado en la desembocadura del Río Bravo, constituyendo una próspera comunidad que había llegado a un inteligente acuerdo con los nativos:

los pieles negras no se adentrarían en las llanuras siempre que los pieles rojas no se adentraran en los pantanos.

Los cuatro hombres y la mujer, que malamente flotaban en el remedo de embarcación, estaban requemados por el sol, pero no eran ni comanches ni ingleses, por lo que fueron bien acogidos, sobre todo desde el momento en que los niños descubrieron que eran dueños de un espejo en el que les permitían contemplarse casi de cuerpo entero.

La mayoría habían oído hablar de tales espejos puesto que en los palacios de Jamaica abundaban, pero los miembros de las nuevas generaciones no los habían visto nunca, razón por la cual hacían cola una y otra vez con el fin de hacer muecas y reírse de sí mismos.

* * *

Al tercer día de reiniciar la marcha avistaron un manantial junto al que se alzaba una gran cabaña de madera sobre cuyo porche se veía un vistoso letrero:

«TRUEQUES MARCELO».

–¿Qué significa? –quiso saber Matías Curbelo.

–Que se puede cambiar cualquier cosa por cualquier cosa, pero no se acepta dinero.

–¿Y eso?

–Si lo aceptaran vendrían a robárselo, pero a ningún ladrón se le ocurre robar cacharros de cocina o ropa usada.

El establecimiento estaba regentado por un mexicano de enormes mostachos y su mujer, una indígena que se pasaba la mayor parte del tiempo cuidando un huerto en el que crecían lechugas, tomates, cebollas, manzanas y zanahorias.

El curioso establecimiento estaba considerado una especie de santuario en el que se prohibían las armas, el alcohol, el racismo o las disputas, y donde el mayor placer se centraba en disfrutar de un agua muy limpia y muy fría.

Se conseguía por medio de una «fresquera», una piedra cóncava y musgosa que la iba filtrando gota a gota con el fin de que cayeran en una enorme tinaja que permanecía en un rincón húmedo y oscuro.

El precio de una jarra de un agua deliciosa y casi helada era una sartén, un cinturón de cuero o unas enaguas sin remiendos.

También se comerciaba con carne seca, aperos de labranza, pieles de animales y cualquier tipo de caza que aún no hubiera comenzado a apestar a demonios.

Los clientes tan solo podían entrar en la cabaña de uno en uno con el fin de poder ser vigilados, por lo que Damián Duval decidió acampar en las inmediaciones, aunque advirtiendo que quien infringiese las rígidas normas del lugar sufriría un durísimo castigo cualquiera que fuera su edad, sexo o condición.

–Esto es como un oasis en mitad del desierto, y a quien se atreva a perturbarlo le dejaré el trasero en carne viva.

A María Curbelo le correspondió entrar el tercer día y se le hizo la boca agua al enfrentase a los rojos tomates y las olorosas manzanas, pero se esforzó por apartar la vista limitándose a mostrar el libro que portaba.

–Quiero cambiarlo –dijo.

El propietario de tan singular negocio lo estudió con mirada de supuesto experto.

–¿De qué trata?

–De leyes.

–¿Qué clase de leyes?

–No las he entendido muy bien, pero me ha servido para aprender a leer.

–La encuadernación es buena –admitió el llamado Marcelo como si ese fuera el mayor mérito del ejemplar y a continuación señaló una estantería–: Está muy cuidado, o sea que puedes llevarte uno de esos tres.

–¡Son muy viejos...! –se lamentó la muchacha.

–Esa es mi ganancia; uno nuevo por uno viejo.

–¿Y de qué tratan?

–¿Y a mí qué me preguntas?

–Aquí pone «La Odisea» y es el único que parece completo. ¿Crees que será entretenido?

–¿Y cómo quieres que lo sepa si no sé leer?

–Es que el de leyes era muy pesado.

–Se supone que las leyes siempre son pesadas. Por eso son leyes.

–Me lo llevo y que sea lo que Dios quiera.

–De acuerdo. Y cómo no me has dado mucha lata y eres la chica más linda que he visto en años, te daré un vasito de agua de la fresquera. Pero no se lo digas a mi mujer.

María salió feliz hojeando su reciente adquisición, por lo que un fornido comanche que aguardaba su turno para cambiar pieles señaló el libro:

–¿Es uno de esos papeles que hablan?

–Lo es.

–¿Y entiendes lo que dice?

–Más o menos.

–¿Y ese qué dice?

–Aún no lo he leído.

–¿Cómo te llamas?

–María.

–Una mujer guapa que sabe leer vale mucho. ¿Te gustaría tener un marido fuerte y valiente?

–De momento no.

El otro se señaló el pecho al añadir:

–«Ojolargo» es un gran guerrero.

–No lo dudo, pero estoy bien así.

–¿Y si le regalo tres caballos a tu padre?

–Odia los caballos. Una vez le mordió uno. Prefiere los camellos.

–¿Y eso qué es?

–Como un caballo, pero más alto y con una gran joroba. –Se rascó la cabeza antes de comentar, como si acabara de hacer un gran descubrimiento–: Pensándolo bien, con este clima tan seco deberíais cambiar vuestros caballos por camellos. Resisten hasta dos semanas sin beber.

–¿Acaso creer que un comanche aceptaría galopar trepado en un caballo con joroba?

–No. Supongo que no.

–¿Has bebido agua de la fresquera? –Ante el mudo gesto de asentimiento, el indígena inquirió ansiosamente–: ¿Es tan buena como dicen?

–La mejor que he probado.

«Ojolargo» se quedó pensativo, tal vez calculando si valía la pena cambiar una de sus pieles por una jarra de agua fría, por lo que María acudió a mostrarle su nuevo libro al padre Ruiz.

–No lo he leído, aunque he oído hablar de él –admitió el religioso–. Y trátalo con cuidado; está tan maltrecho que se te puede quedar entre las manos. Por cierto; hace una semana que no te confiesas.

Fue a añadir algo, pero le interrumpió un vozarrón aguardentoso:

–¡Duval, asesino de niños, verdugo hijo de puta! ¡Al fin te encuentro!

Todos los ojos se volvieron hacia el hombre que había hecho su aparición montando en una yegua negra, ya que iba armado de una escopeta de dos cañones cuyos percutores aparecían montados y listos para ser disparados.

–¿Quién es ese? –quiso saber María.

–Raimundo Montojo –le aclaró el franciscano–. El padre de un asesino al que Duval ahorcó.

–¿Y no le basta con tener un hijo asesino? ¿También quiere serlo él?

Su interlocutor no respondió, pendiente como estaba del guía, que se aproximaba erguido sobre su enorme caballo mientras extraía su arma de la funda y replicaba:

–¡Escucha, Raimundo! Este no es lugar apropiado para resolver problemas. Hay mujeres y niños.

–Así verán morir a un malnacido.

Resultó evidente que su interlocutor se esforzaba por conservar la calma puesto que mientras continuaba preparando su arma insistió:

–Podríamos ir allí, tras aquel montículo.

–¡Morirás aquí!

–¡Por favor...!

–¡No!

Se escuchó un disparo y Raimundo Montojo cayó como un saco para quedar tendido cara al cielo, escupiendo sangre y tal vez preguntándose cómo podía haber ocurrido tamaña catástrofe si estaba seguro de que su enemigo ni siquiera había montado los percutores de su arma.

La respuesta la tuvo cuando vio aproximarse al bigotudo mexicano moviendo negativamente la cabeza como si estuviera riñéndole a un niño rebelde:

–He tardado treinta años en convertir este lugar en un paraíso y no vas a ser tú quien venga a jodérmelo. Estabas advertido: en mi casa únicamente yo puedo empuñar un arma.

–¡Pero mi hijo...!

–Tu hijo no solo era un pederasta, un violador y un asesino; era un gafe y un cenizo que llevaba el malfario a donde quiera que fuera. Bien muerto está.

Raimundo Montojo tardó casi dos horas en seguir el camino de su detestable vástago sin que nadie pudiera hacer nada por evitarlo, y cuando María le preguntó al padre Ruiz que si creía en gafes, el buen hombre no pudo por menos que asentir:

–Más que en san Pancracio, hija, porque por más que le rezo jamás me ha proporcionado un mal maravedí mientras que la mala suerte nos persigue desde que salimos de Lanzarote.

–¿Cree que ya habrá llovido en Lanzarote?

–¿Y cómo quieres que lo sepa? Estamos a miles de leguas de distancia.

–Pues imagínese que ha llovido, los campos están verdes, el ganado lustroso, las parras repletas y el mar rebosante de meros mientras que ahora nos encontramos en un desierto plagado de serpientes, escorpiones, asesinos de niños y pozos de agua que arde.

–¿Por qué te empeñas en torturarte? Los caminos del Señor con inescrutables.

–Sobre todo cuando se tienen que hacer en carreta.

–¡A que te atizo un coscorrón!

–Me lo tendría merecido, pero es que echo de menos mi casa.

–¿Tu casa? Tu casa se caía a pedazos y te pasabas la vida moliendo gofio para otros, o sea que no me vengas con monsergas.

CAPÍTULO XII

Hacía dos días que nevaba intermitentemente, por lo que acomodada entre mantas, habituada al traqueteo del vetusto carromato y con un codo apoyado en la piedra de moler, María Curbelo se enfrascó en la lectura de «La Odisea», y cuando su padre le pidió que le contara de qué iba la historia, le aclaró que al parecer un tal Homero relataba las hazañas de un tal Ulises, que por lo visto había zascandileado mucho por Grecia allá por los tiempos de Maricastaña.

–A pesar de ser rey de una isla, tener una preciosa esposa, un buen hijo, un perro fiel y un montón de súbditos, al culo inquieto de Ulises, al que también llamaban Odiseo, puesto que hasta los nombres le sobraban, no se le ocurrió mejor idea que apuntarse a una guerra por el mero hecho de que Helena, una griega que por lo visto debía ser bastante ligera de cascos, le había puesto los cuernos a su marido.

–Puede que sea cosa del nombre, porque mi tía Helena también se los ponía al suyo, pero me parecen demasiadas páginas para una historia tan vulgar.

–Es que la hermosa Helena estaba casada con un rey y acabó fugándose con un príncipe troyano que debía ser un guaperas, por lo que los amigos de su marido decidieron ayudarle a recuperar a su mujer y de paso destruir Troya, a la que le tenían manía porque les hacía la competencia comerciando con los persas.

–A ver si va a resultar que era más una cuestión de dinero que de honor... –aventuró Matías Curbelo–. Porque a mí todo eso de lavar el honor matando gente me huele a chamusquina.

–Sea como sea, el caso es que se apuntaron un montón de griegos; incluso el famoso Aquiles, que no era ligero de cascos sino de pies, ya que corría y saltaba como un gamo, aunque parece ser que tenía problemas con el talón.

–¿Qué clase de problemas?

–Aún no he llegado a esa parte.

–Pues al ritmo que vas puedes tardar un año en averiguarlo.

–¿Y qué prisa tengo si es mi único libro?

–También es verdad.

La dejó absorta en la lectura hasta que al cabo de casi una hora la caravana se detuvo porque la nieve empezaba a ser demasiado espesa y Damián Duval se vio obligado a ordenar que montaran un campamento enviando a todo el que estuviera en condiciones de empuñar un hacha a cortar leña.

La noche iba a ser larga y fría.

Y ruidosa, porque las bajas temperaturas parecían avivar el hambre de unas fieras que aullaban, gruñían y rugían obligando a temer que en cualquier momento se lanzaran a la caza de un potro, un ternero e incluso, ¿por qué no?, un ser humano.

Tras la cena los niños fueron agrupados en la más resistente de las carretas, en la que una anciana se encargaba de tranquilizarlos mientras el resto del grupo se ocupaba de alimentar las hogueras o cubrir con piedras los puntos por los que pudiera introducirse una alimaña.

–Nunca imaginé que pudiera hacer tanto frío.

–Pues esto no es nada.

Juan Leal, que era quien había hecho el comentario, se volvió a Damián Duval, que era quien le había respondido:

–¿Bromea...?

–En absoluto. Más al norte, cerca de Canadá, los lagos se congelan formando una capa de hielo sobre la que se puede caminar.

Las miradas de escepticismo lo dijeron todo, por lo que el guía a punto estuvo de enfadarse:

–¿Acaso creen que miento?

–Mentir, no, pero seguro que exagera. ¿Cómo va a poder caminar nadie sobre una capa de hielo?

–Resbalando, desde luego. Pero no solo puede caminar una persona; también podría pasar una carreta, y cuando la nieve es muy alta usan trineos tirados por quince o veinte perros.

–De eso sí que he oído hablar... –intervino el padre Ruiz.

–Pues serán perros muy fuertes.

–Yo tuve un perro de presa canario, que dicen que son los más agresivos que existen; una bestia inmensa que podía arrastrar a un hombre –intervino Antonio Chiscano–. Pero el muy jodido no soportaba el frío del Teide.

–No es que estos sean fuertes, que también lo son; es que tienen una piel que les permite dormir sobre la nieve.

El simple hecho de imaginar la escena de un paisaje cubierto de nieve por el que corrieran perros arrastrando trineos obligó a más de uno a meditar seriamente sobre el futuro que les esperaba, y al fin Matías Curbelo alzó los ojos al cielo como pidiendo clemencia:

–¡Qué país!

–¡Y a mí que me gusta...!

Si las miradas fulminaran hubieran fulminado a su esposa.

–¿Te gusta un país en el que el sol te seca el cerebro, un tornado te arranca la cabeza, la nieve te llega al culo y los comanches te roban los caballos?

–¿Empiezas a entender por qué me casé contigo? Cuando te conocí eras todo eso y mucho más.

–¿O sea que te va la marcha? –quiso saber Matías Curbelo.

–Me va la vida –fue la rápida respuesta–. Mi madre nació en Haría, se casó en Haría y tuvo cinco hijos en Haría sin haber pisado nunca Arrecife, que está a menos de tres leguas. Eso quiere decir que ahora yo suelo recorrer en un solo día más distancia de la que recorrió mi madre en toda su vida.

–Ir lejos no significa ser más feliz.

–Ni quedarse cerca tampoco.

–En Haría no existen serpientes venenosas.

–Pero está la lengua de la Dionisia, que es peor.

–Eso también es verdad. Menos mal que no quiso embarcar porque a estas alturas ya estaríamos a la gresca, todos contra todos. –Matías Curbelo se sirvió una nueva taza de café, que ya era más aguachirri que otra cosa, antes de volverse a quien se encontraba casi a su lado y añadir–: Y hablando de grescas, Jacinta, ¿cómo te sientes ahora que Ambrosia se encuentra lejos?

–Encabronada.

–¿No crees que te viene bien un descanso después de tanto trajín?

–¿Descanso? ¿Acaso crees, pedazo de acémila, que puedo pegar ojo pensando en lo que estará haciendo ese pendón?

* * *

En «Laguna Grande», que así acabó denominándose el delta de la desembocadura del río Bravo, Ambrosia Quintana no tardó en enamorarse de un gigantesco cimarrón que parecía una estatua de ébano, y tanto los hermanos Armas como Ginés Curbelo, e incluso el impresentable Torano Fajardo, encontraron «buena acogida» entre la numerosa comunidad femenina de la colonia, por lo que a punto estuvieron de olvidar su misión y quedarse para siempre en un lugar en el que bastaba con introducirse en el mar hasta las rodillas para arponear un hermoso lenguado o atrapar una sabrosa langosta.

Los hombres tardaron una semana en recuperar su sentido de la responsabilidad, pero la mujerona dejó muy claro que al fin había encontrado «sus Américas» y que no se movería de allí hasta que la echaran a patadas.

–¿Y qué le decimos a tu madre?

–Que la quiero mucho... pero de lejos.

–No creo que le guste.

–Le llevarás un mechón de pelo.

–No me parece suficiente.

–Pues le encantaba arrancármelo.

Martín Armas la observó de medio lado y no tardó en llegar a la conclusión de que se encontraba frente a una mujer feliz que no cambiaría esa felicidad por nada del mundo, y razones le sobraban, puesto que además de su imponente apariencia física, Omany Sangué resultó ser un personaje encantador.

Su abuelo, del que conservaba ambos nombres, había sido un esclavo que un buen día se cansó de ver como violaban a sus hermanas y asesinaban a sus hermanos, le abrió la cabeza a su amo y asaltó un barco que cargaba azúcar en Montego Bay.

Con él huyeron una treintena de compañeros que no tenían ni la menor idea de cuál era la proa, cuál la popa, por dónde quedaba barlovento o por dónde caía sotavento, al tiempo que observaban fascinados cómo la brújula se agitaba locamente sin conseguir explicarse a qué se debían tan caprichosos cambios de opinión.

Al día siguiente doce naves inglesas salieron a la caza del «Sirius» y como la Armada británica tenía fama de eficiente nadie dudó que regresarían con los cadáveres de «los malditos negros» colgando de las jarcias.

Como era cosa sabida que si había algo que le gustara más a un británico que cazar zorros a caballo o negros a pie era jugarse el dinero a cualquier cosa, al tercer día las casas de apuestas aceptaban –ocho a uno– que el «Sirius» sería atrapado antes de una semana.

Contaban con la reconocida capacidad de unos y la comprobada incapacidad de otros, pero no contaban con el hecho de que aquellos esclavos no sabían navegar pero sí sabían remar.

Les habían marcado las espaldas a latigazos obligándolos a transportar pesadas cargas a buques fondeados en la bahía, por lo que el astuto Omany Sangué no tardó en tomar una sabia decisión: hizo que su gente se trasladara a las lanchas de salvamento, le abrió tres grandes vías de agua al «Sirius» y disfrutó observando cómo desaparecía en las profundidades soltando burbujas, lamentos y pedorretas.

Luego, y visto que no se fiaba de las brújulas, decidió fiarse de los pájaros, estudió qué rumbo tomaban cuando regresaban con los buches repletos de comida para sus polluelos, y pidió a su gente que los siguieran.

Acabaron en una costa de intrincados manglares en los que se ocultaron durante dos semanas para ir desplazándose luego poco a poco, siempre de noche y siempre hacia el norte, buscando alejarse lo más posible de la aborrecida Jamaica.

Tardaron siete meses en descubrir que el delta del Río Bravo era un lugar seguro y en él se quedaron.

El prestigio de la Armada británica sufrió un revés tan vergonzoso que el propietario de una casa de apuestas se vio obligado a abandonar Jamaica debido a que fue elegido como cabeza de turco por quienes se negaban a aceptar que un esclavo negro hubiera sido más listo que un almirante inglés.

* * *

–Si quieres que te diga la verdad me cae bien porque es astuto, valiente y capaz de enfrentarse a situaciones inimaginables, pero le sigo considerando un irresponsable, mandón y prepotente, sobre todo en lo que se refiere a las mujeres. Le advierten que no se acerque a una costa en la que viven unas sirenas que le embrujarán con sus cantos, pero el muy cabezota se emperra en ir, haciendo que le aten al palo mayor y le tapen los oídos con cera.

–¿Y qué ocurrió?

–Que a poco más naufraga.

–¿Y valían la pena esas sirenas?

–De cintura para arriba, sí, pero de cintura para abajo solo servían para hacer sopa.

–Me encanta la sopa de pescado.

–Y a mí también. ¿Pero quién le manda al merluzo de Ulises ir a escuchar sirenas cuando su mujer vive acosada por un enjambre de pretendientes?

–Pues si quieres que te sea sincero, como me lo cuentas así, a pedazos, no me entero muy bien... –se vio obligado a admitir Matías Curbelo.

–Es que también está escrito a pedazos. De pronto le ves liado con Calipso, una ninfa que se lo quería quedar para siempre pese a saber que estaba casado con la paciente Penélope y...

–¿De qué estaba enferma?

–¿Quién?

–Penélope.

–Yo no he dicho que estuviera enferma.

–Pero has dicho «la paciente». Y es lo que dicen los médicos de las enfermas.

–Pero no me refería a enfermedad, sino a que llevaba veinte años esperando a su marido... ¿Te parece poca paciencia?

–Perdona, pero es que me armo un lío.

–Luego la historia vuelve atrás y aparecen Nausica, Circe, e incluso una diosa del Olimpo.

–Pues si todos los libros son tan complicados mejor sigo analfabeto.

–¡No diga tonterías! Se aprende mucho.

–¿Sobre dioses, sirenas, golfos que le ponen los cuernos a su mujer, gigantes de un solo ojo y monstruos que se comen a sus hijos? ¡No gracias! Encuentra un libro que me enseñe a defenderte de las pulgas y los piojos, o que me calme el escozor de estos malditos sabañones e intentaré aprender a leer.

María Curbelo sabía perfectamente que su padre era un buen hombre, aunque en exceso testarudo, y que vivía amargado por el hecho de no haber sido capaz de sacar adelante a su familia.

Había resultado inútil cuanto sus amigos y compañeros de éxodo alegaran sobre la imposibilidad de vencer unas sequías que –según contaba el Padre Ruiz– eran las culpables, no solo de emigraciones en masa, sino incluso de la desaparición de civilizaciones antaño muy poderosas.

Damián Duval, de quien nadie sabía muy bien cuáles eran sus creencias religiosas, aseguraba que, según los indios «dakota», el agua era la forma física que adoptaban los dioses a la hora de premiar o castigar a sus criaturas.

–«Están allá arriba, sentados en las nubes y, cuando les apetece, 'El Dios de la Lluvia' se convierte en gotas que lo reavivan todo. No obstante, cuando quieren castigarnos, 'El Dios del Diluvio' se convierte en cascada que desborda los ríos y nos arrastra a los abismos».

–¿Y usted qué opina?

–¿Sobre qué?

–Sobre lo que dicen los «dakota».

–Que deben tener razón ya que son más listos que yo porque saben nadar.

–El hecho de saber nadar no te hace más listo.

–Pero sí menos vulnerable.

–¿Quiere que le enseñe?

–Loro viejo no aprende idiomas, pequeña. Y yo ya soy viejo.

–¡Qué manía...!

–La vejez no es una manía: es el impuesto que te ponen por seguir viviendo. Y lo que tienes que hacer es dejarte de tanto Ulises y tanta cháchara y atrapar unos cuantos «perritos de las praderas» para la cena.

–¿Otra vez «perritos de las praderas»? –se lamentó María Curbelo–. Estoy de «perritos de las praderas» hasta el moño.

No le faltaba razón al quejarse, ya que se encontraban en una región en la que vivían millones de aquellos pequeños roedores emparentados con las ardillas que se habían convertido en el plato principal, y en ocasiones casi el único, del menú diario de los sufridos emigrantes.

–¡No te quejes tanto! –le riñó el guía–. Más vale perrito caliente que pollo frío.

–Lo que en verdad me apetece es un buen pulpo a la brasa.

–¿Pulpo...? El único pulpo que encontrarás por aquí es ese que viene, que en cuanto te descuides te manosea.

Se refería a quien se autodenominaba «Gran Jefe Ojolargo» y que avanzaba al trote montando a pelo un precioso alazán.

–Si será caradura –se indignó María Curbelo–. Ese es uno de los que nos robaron.

–A que le pego un tiro –mascullό el guía.

Hizo ademán de encararse el arma, pero el comanche alzó los brazos indicando que venía en son de paz, descabalgando de un ágil salto en el centro del grupo que se había formado al verle llegar.

–¿Qué quieres ahora? –quiso saber un Juan Leal al que se advertía justamente indignado.

El recién llegado se limitó a señalar hacia el este:

–Vienen franceses.

–¿Cuántos?

–Más de veinte y menos de treinta.

–¿Buscan pelea?

–Buscan mujeres. Les han contado que aquí hay muchas y las quieren.

–¿Cómo «que las quieren»? –se indignó Gracia Curbelo–. ¿Acaso creen que estamos en venta?

–Ellos no compran; roban. Roban mujeres de piel roja, mujeres de piel negra o mujeres de piel blanca. No les importa la raza o el color porque su territorio es muy extenso y necesitan hijos.

–¡Pero qué barbaridad es esa!

–Por desgracia es cierto –intervino Damián Duval–. Lo que llaman «Luisiana» llega en estos momentos desde

Canadá hasta el Caribe, o sea que es mayor que media Europa. Por eso los colonos franceses necesitan mujeres. –Hizo una pausa antes de concluir–: Y a pesar de lo que diga este, las prefieren blancas.

«Ojolargo» le dirigió una ancha sonrisa a María Curbelo.

–También yo. ¿Sigues sin necesitar un buen marido? Sé cómo protegerte de los franceses.

–¡Déjate de bobadas¡ –le reprendió el guía–. Más que un altivo «Gran Jefe Ojolargo» pareces un baboso «Pequeño Jefe Ojicorto». ¿Cuánto tardarán en llegar?

–Un día.

–¿Están bien armados?

–Mucho. Y traen garrafas de aguardiente.

–¡Lo que nos faltaba! Franceses borrachos.

–Los franceses tienen fama de caballerosos –se atrevió a señalar el padre Ruiz–. Tal vez...

–Esos tienen de franceses lo que yo de chimpancé. Han ido degenerando y ya son bestias montaraces.

–Si has pasado de chimpancé a ser humano no has ido degenerando, hijo. Más bien todo lo contrario.

–Pues preferiría enfrentarme a treinta chimpancés que a esos cabrones.

–¡Esa lengua, que hay señoras! –El religioso se alarmó al advertir que el comanche miraba a todas partes y parecía francamente nervioso.

–¿Te ocurre algo, hijo?

–Creo que comí demasiado y con tanto trajín y tanto galopar se me han revuelto las tripas. ¿Dónde tienen el retrete?

–¿Ves aquella carreta apartada del resto? En el suelo hay un agujero cubierto con una tapa. Allí puedes hacer tus necesidades. Cuando nos vayamos quedarán como abono para la tierra.

–¡Práctico! ¡Muy práctico! ¡Lástima que los comanches no tengamos carretas!

–¿Y por qué no tenéis carretas? –quiso saber Matías Curbelo.

–¿Para qué las queremos si no tenemos ruedas?

El buen hombre quedó un tanto perplejo por tan demencial respuesta y tan solo reaccionó cuando el padre Ruiz le hizo notar:

–Cuando Colón llegó a América los nativos no conocían la rueda.

–¡Jamás lo hubiera pensado! –admitió Matías Curbelo–, pero ahora lo que me preocupa no son las ruedas, sino cómo vamos a enfrentarnos a esos franceses.

Una treintena de franceses bien armados, probablemente bebidos y dispuestos a raptar mujeres, constituían una gravísima amenaza teniendo en cuenta que superaban en relación de tres a uno a los canarios en edad de enfrentarse a ellos.

Y Damián Duval sabía muy bien que los defensores de sus mujeres y sus hijas seguían siendo incapaces de atinarle a una calabaza más que a pedradas, mientras que sus agresores eran tramperos y cazadores acostumbrados a volarle la cabeza a un oso a veinte pasos.

Juan Leal se le aproximó y se le advertía profundamente preocupado.

–¿Qué podemos hacer? –quiso saber.

–Lo estoy pensando...

–Algunas mujeres opinan que prefieren que las matemos a dejarlas en manos de esas malas bestias.

CAPÍTULO XIII

En «Laguna Grande» se vivía muy a gusto, pero llegó un momento en que los hermanos Armas, Ginés Curbelo, e incluso el propio Torano Fajardo, que jamás se había sentido tan feliz en parte alguna, comprendieron que «estaban haciendo dejadez de sus funciones» y había llegado la hora de reemprender la marcha.

–¿Y pensáis salir a altar mar con esa caricatura de barco? –quiso saber Omany Sangué–. La primera ola os pondrá patas arriba.

–¿Y qué otra cosa podemos hacer?

–Yo os llevaré. Es lo menos que puedo hacer por los amigos de mi esposa.

Los condujo a lo más profundo del manglar, donde cubiertas con ramas y hojas de palma descansaban las lanchas del «Sirius», tan cuidadas, pintadas y calafateadas como si hubieran salido de manos del carpintero un mes antes.

–Nunca estaremos completamente a salvo de los cazadores de esclavos –dijo–. Mis abuelos se salvaron en estas barcas y es posible que algún día también tengamos que volver a huir gracias a ellas. Por eso siempre las tenemos a punto.

Cargaron en una todos los enseres que les habían confiado los emigrantes, excepto el gran espejo, puesto que los hermanos Armas consideraron que era el precio que debían pagar a la comunidad cimarrona por las incontables atenciones que estaban recibiendo.

–Doña Adelaida lo comprenderá.

–No estoy muy seguro... –le rebatió Ginés Curbelo–. Le tiene más cariño que a su marido.

–Es que don Antón es un pelmazo. Y a él le llevamos eso a lo que más aprecio tiene: la percha en la que cuelga el sombrero.

Zarparon al oscurecer del siguiente, recorrieron muy despacio los canales del delta saliendo a alta mar siendo ya noche cerrada, y como la embarcación contaba con una pequeña vela avanzaron sin problemas, con mar tranquilo y viento suave, rumbo a la bahía de Corpus Christi, de la que calculaban que les separaban unas doscientas leguas.

Fieles a las costumbres de sus antepasados jamás navegaban de día porque jamás se podía predecir en qué momento haría su aparición una nave inglesa, y era cosa sabida y demostrada que para un inglés un negro seguiría siendo un esclavo se pusiera como se pusiera y se encontrara donde quiera que se encontrara.

Por aquel tiempo los ingleses aún no sabían que muy pronto, Carlota de Mecklenburg de Sajonia, hija del duque Carlos Luis Federico de Mecklenburg y de la princesa

Isabel Albertina de Sajonia, se convertiría en la esposa de su rey, Jorge Tercero, en la madre de su siguiente rey, Jorge Cuarto, así como de catorce príncipes más.

Y como Carlota de Mecklenburg de Sajonia llevaba sangre mulata en las venas, incontables miembros de la Casa real británica seguirían transmitiéndosela a sus descendientes a lo largo de varias generaciones.

La historia suele ser terca y repetitiva, por lo que casi tres siglos más tarde volverían a surgir dudas sobre si esa sangre real era o no totalmente azul.

Aunque a decir verdad aquel era un problema que nada afectaba al hiperactivo Omany Sangué, que además poseía una rara habilidad a la hora de introducir una embarcación en la desembocadura de un riachuelo y hacerla desaparecer como por arte de magia.

Gracias a ello la singladura no deparó mayores dificultades hasta que llegó el momento de encontrar un lugar en que mantener ocultas y a salvo de las inclemencias del tiempo las preciadas pertenencias de los canarios.

Tardaron casi dos días en dar con una cueva que se les antojó apropiada, desembarcar los muebles, ocultar la entrada y dibujar un mapa marcando el punto exacto en el que se encontraba un preciado tesoro que en realidad no eran más que muebles viejos y viejos recuerdos.

Al regresar a la costa y en el momento en que Omany Sangué se disponía a reembarcar, Torano Fajardo inquirió:

–¿Puedo volver contigo? Sigo prefiriendo el mar a esas malditas praderas.

–Estaba esperando que me lo pidieras porque conozco a un par de muchachitas a las que les caes simpático.

Fue así, por propia voluntad y no obligado, como el isleño se desgajó del grupo, lo cual no resultó sorprendente puesto que el poco agraciado pescador siempre se había sentido extraño entre los «destripaterrones» de tierra adentro.

A partir de ese momento lo único que tenían que hacer Ginés Curbelo y los hermanos Armas era iniciar una larga caminata para reunirse con el resto de los emigrantes en el destino final y regresar con las carretas a recoger cuanto habían dejado oculto.

* * *

Damián Duval avanzó despacio, con las armas enfundadas y su cara de palo acostumbrada, para ir a detener su montura a prudente distancia del grupo, esperando paciente a que uno de ellos ensillara su caballo, acudiera a su encuentro y lo saludara en un perfecto castellano, puesto que los «fronterizos» solían hablarlo como su propio idioma a la espera de que algún día aquel inmenso territorio fuese suyo y toda la parte norte del continente, incluidas Texas, Arizona y California, se convirtiese en «La Gran Luisiana»:

–¡Buenos días, Damián!

–¡Buenos días, Marcel!

–¿Cómo tú por aquí?

–Soy el guía.

–¡Vaya por Dios! Eso sí que no lo sabía y me molesta.

–Más me molesta a mí que intentes hacerle daño a mi gente. Vienen de muy lejos.

–¿De dónde?

–De Lanzarote.

–¿Y dónde queda eso?

–En las islas Canarias.

–¿Cerca de Cuba?

–Cerca de Europa.

–¿O sea que además son europeos? –La noticia pareció entusiasmar al hombretón, que era una especie de armario con brazos que más bien parecían muslos y muslos que más bien parecían troncos–. Nos vendrán muy bien mujeres educadas a la hora de civilizar nuestro país.

–No es vuestro país, y lo sabes –le hizo notar el guía–. Y también sabes que no voy a permitir que les pongas una mano encima.

El francés lanzó un resoplido y movió de un lado a otro la cabeza como si empezara a hastiarse de una charla sin sentido.

–Escúchame bien, Damián, porque empieza a hacer calor y me molesta perder el tiempo; no tienes hombres, no tienes armas y la patrulla española más cercana se encuentra a diez días de marcha. ¿De verdad quieres convertir esto en una carnicería? Al fin y al cabo no es más que una repetición del rapto de las sobrinas.

–No eran las sobrinas, sino «las sabinas», y tú no eres un rey romano sino un hediondo borrachín al que ya no le queda más que un cuarto de sangre francesa en las venas.

–Lo cual me alegra porque hace tiempo que dejamos de sentirnos franceses. Nuestros padres y abuelos nacieron en esta tierra y a ella nos debemos.

–Por eso mismo deberías respetarla y respetar a tus vecinos.

–El problema estriba en que nuestros vecinos nos respeten, y la única forma es siendo más fuertes. O sea que en recuerdo de los viejos tiempos te recomiendo que te apartes de nuestro camino y calmes a tu gente para que nadie salga malparado.

–Cualquier mujer que caiga en vuestras manos corre el riesgo de salir malparada.

–Eso no es cierto; precisamente lo que vengo buscando es una muchacha blanca, limpia, bonita, y a ser posible virgen, para casarla con mi hijo e iniciar así una estirpe digna de gobernar sobre este imperio.

–¿«Gobernar»? –repitió su interlocutor casi a punto de echarse a reír–. ¿Estás hablando de crear una dinastía de reyes a este lado del Atlántico? ¡Coño, Marcel! Siempre creí que estabas un poco ido, pero no hasta ese punto.

–¿De dónde han nacido los imperios y los reinos? –fue la respuesta de quien parecía convencido de sus ideas–. De la determinación de quienes tuvieron el valor de luchar contra sus opresores. ¿Por qué tenemos que recibir órdenes de un rey que se encuentra a miles de leguas y ni siquiera se ha dignado a poner un pie en el continente?

–La pregunta es justa, pero no soy quién para responderla. Tan solo soy un mísero guía de caravanas resignado a que le corten los huevos antes que permitir que le toquen un pelo a quienes están a su cargo.

–Pues considérate castrado antes de una hora.

–Es posible, pero antes de que empieces a afilar cuchillos, quiero advertirte de algo. –Señaló a sus espaldas–: ¿Ves aquella pareja a lomos de un alazán en lo alto de la colina?

–La veo. ¿Es todo lo que tienes?

–Y es mucho.

–Optimista te veo.

–Y mis razones tengo: ella es española y se acaba de casar con el gran jefe «Ojolargo», del cual supongo que hablas oído hablar.

–Algo he oído.

–Entre los guerreros de su tribu y los de sus aliados, los «dakota», cuentan con un mínimo de cuatro mil jinetes. –Fue ahora Damián Duval quien movió de un lado a otro la cabeza como si empezara a hastiarse de una charla sin sentido–. No creo que valga la pena enfrentarte al Imperio español y a cuatro mil jinetes por el mero hecho de secuestrar a una mujer que tal vez algún día te daría un nieto que tal vez algún día reinaría sobre un imperio imaginario.

–¿Y qué le digo a mi hijo?

–Que se haga una paja.

–Ya es mayorcito para eso.

–Nunca se es demasiado mayorcito si no hay mujeres cerca.

–Con tanto cretino como corretea por estos andurriales y he tenido que ir a dar con el mayor hijo de puta de las praderas.

–Si no fuera el mayor hijo de puta de las praderas no podría llevar a su destino a esa gente. Y ahora, como ofrenda de paz y muestra de arrepentimiento y buena voluntad, me vas a regalar la mula torda.

–¿La mula torda?

–La mula torda con sus garrafas de aguardiente, sus víveres y sus municiones.

–Te estás pasando.

–Quien se pasa con los demás se arriesga a que se pasen con él.

Regresó al campamento llevando a la mula de la brida. Al poco hizo su aparición la pareja, y «Ojolargo» ayudó a desmontar a la muchacha mientras se dirigía directamente a Matías Curbelo:

–Te devuelvo a tu hija. Mi familia la repudia porque lo único que sabe hacer es leer libros y moler gofio. Como nosotros no tenemos ni maíz ni libros y sigue intacta me tienes que devolver mis caballos.

–¿Cómo que te tengo que devolver «tus caballos»? –replicó el aludido–. Esos caballos eran nuestros.

–No sé si en algún momento fueron vuestros –replicó el indígena sin perder la calma–. Solo sé que pagué tres caballos por tu hija y quiero mis caballos porque es lo que dicta la costumbre, y lo primero es lo primero. Luego si quieres me acusas de ladrón, lo cual me obligaría a desafiarte a un duelo a muerte porque yo no robo caballos.

–¿Y cómo podemos saber quién los robó?

–Déjalo estar –intervino el siempre apaciguador Juan Leal–. Devuélvele sus caballos y tengamos la fiesta en paz.

–¿O sea que ahora me quedo sin caballos y con una hija casada pero que no tiene marido?

–Los caballos no eran tuyos sino de la comunidad.

–Pero al casarse María pasaban a ser míos.

–¡De acuerdo! –Se resignó el nativo–. Devuélveme solamente dos caballos.

–Uno.

–Uno y medio.

–¿Acaso piensas cortarlo por la mitad?

–No, pero si me das la yegua castaña y el potro rojo me conformo. ¡Me encanta ese potro!

–Trato hecho.

«Ojolargo» se volvió a María Curbelo.

–Le pondré tu nombre a la yegua.

–¡Pues qué bien! –admitió ella–. En un santiamén he pasado de esposa a yegua.

–Pues sales ganando –intervino la siempre malhumorada Jacinta–. Como yegua te tratarán como a una yegua, pero como esposa te tratarían como a una mula.

Fue a añadir algo, pero se interrumpió desconcertada y casi horrorizada, puesto que el cielo había comenzado a volverse de un color impropio de aquellas horas del día.

Era como una delgada sábana anaranjada de casi una legua de ancho que avanzaba desde el norte y que incluso conseguía reducir el brillo del sol de media mañana.

–¡Dios Bendito! ¿Qué es eso?

Todos alzaron los ojos fascinados por el fabuloso espectáculo, o más bien visiblemente inquietos, puesto que en ocasiones el anaranjado llegaba a tomar tintes sanguinolentos.

Tan solo se calmaron cuando Damián Duval señaló con su ronca voz habitual.

–¡Tranquilos! Solo son mariposas.

–¿Mariposas?

–Mariposas gigantes[3] que cada año emigran desde Canadá a Michoacán y viceversa. Cuando se posan lo cubren todo y resulta precioso, pero al ser anaranjadas con franjas negras advierten a los pájaros de que son venenosas. El hecho de verlas se considera símbolo de buena suerte.

3 Acabarían denominándose «Mariposas Monarca» en honor de Guillermo III de Inglaterra.

–Pues falta nos hace.

Aprovecharon para sentarse a disfrutar del espectáculo, así como del aguardiente y los víveres con que les habían obsequiado los franceses, y quizás por primera vez en su vida la rijosa Jacinta tuvo una frase impropia de su carácter:

–Me gustaría que la Ambrosia pudiera verlo.

CAPÍTULO XIV

–¿Qué hubiera ocurrido si «Ojolargo» hubiera decidido hacer uso de sus derechos y convertirme en su esposa?

–Que a estas horas serías viuda.

–Con lo cual se habría podido iniciar una guerra.

–Escúchame bien, pequeña; ni tú eres Helena, ni esto es Troya, y los comanches sabían muy bien que se trataba de una farsa destinada a evitar un enfrentamiento con los franceses. Para algunos, «Ojolargo» puede ser un salvaje, pero es un salvaje mucho más decente y caballeroso que todos los marqueses de la vieja Europa. Si yo fuera tú, me casaría con él.

–¡A que le arreo un bofetón!

–¡Y a que yo te propino una azotaina!

–Capaz le creo.

–Y capaz soy, porque de lo que has dicho deduzco que eres racista, y para alguien que ha estado casado con la comanche más maravillosa que ha existido, ser racista es uno de los peores defectos que puede tener una persona. ¡Y anda que tú tienes defectos...!

–Si me presta la escopeta le pego un tiro.

–Eres tan inútil que te saldría por la culata.

–Pruebe a ver.

Damián Duval se concentró en la tarea de cargar la pipa y encenderla antes de responder:

–Podría darse el caso de que sonase la flauta por casualidad y si me volaras la cabeza os quedarías sin guía... –Se interrumpió con la vista fija en la distancia y su sorpresa resultaba tan auténtica que la pipa se le cayó de las manos–. ¿Qué es aquello? –exclamó–. ¡No puedo creerlo!

–¿Qué?

–Aquello.

–No veo nada.

–¡Y además cegata!

Recogió su pipa, se puso en pie, echó a correr y la muchacha le siguió, aunque pronto se distanciaron y pasaron unos minutos antes de que pudiera advertir que lo que había llamado la atención de su acompañante era la presencia de Ginés Curbelo y los hermanos Armas que también corrían hacia ellos agitando los brazos.

Poco después todos en el campamento reían o lloraban de alegría y la única que no lloraba de alegría era Jacinta, que preguntaba desesperadamente por su hija.

Costó explicarle que en aquellos momentos era feliz casada con un negro encantador, pero el mechón de cabellos que le enviaba como recuerdo no le sirvió de consuelo.

Esa noche, sentados en torno a la hoguera, los hermanos Armas hicieron un detallado relato de cuanto les había sucedido y si Ginés Curbelo apenas dijo una palabra fue porque en cuanto probó un sorbo de aguardiente empezó a toser y se fue a la cama.

Martín Armas, que era quien mejor se expresaba, les contó como Omany Sangué, que conocía perfectamente el territorio, les había explicado que tenían que caminar durante dos días hacia el noroeste y estar muy atentos al terreno porque en un momento dado tendrían que cruzarse con las huellas de los carromatos.

A partir de ahí tan solo tendrían que seguirlas puesto que la caravana avanzaba a paso de tortuga.

–¿Y Torano?

–Como pez en el agua, que es lo suyo. Tiene dos novias.

–¡No puedo creerlo!

–Pues es verdad.

–¿Y los muebles?

–A buen recaudo en una cueva.

–¿Dónde?

–Cerca de la costa. –Se volvió a su hermano–. Enséñales el mapa.

–¿Qué mapa?

–El de la cueva.

–Yo no lo tengo.

–¿Cómo que no lo tienes?

–Como que no lo tengo.

–¡No jodas!

Corrieron a preguntarle al descompuesto Ginés Curbelo, que se limitó a abrir un ojo y balbucear idéntica pregunta:

–¿Qué mapa?

–El de la cueva de los muebles.

–Se lo quedó Torano.

–Pues ahora sí que la hemos cagado.

* * *

Amanecía y su madre le pidió con un gesto que se asomara en silencio.

Lo que vio la dejó asombrada; docenas, cientos, ¡miles! de bisontes avanzaban hacia ellos pastando sin prisas y poco a poco acabaron por cubrir el horizonte de parte a parte.

–¿Se comen?

–¿Cómo que si se comen...? Dicen que su carne es más sabrosa que la de vaca y a partir de ahora nos vamos a poner de carne hasta el culo.

–¡Mamá!

–Perdona, pero es que tan solo de verlos se me hace la boca agua.

–¿Cuántos puede haber?

–¡Miles! Tal vez millones.

Tenía razón porque por aquellos tiempos pastaban en Norteamérica unos sesenta millones de bisontes y un siglo más tarde, el coronel Dodge –fundador de Dodge City– aún pudo ver una manada con más de quince kilómetros en todas direcciones en lo que formaba una inmensa alfombra de piel oscura.

Bajo aquella alfombra la tierra era verde, de excelente pasto, puesto que los bisontes tan solo consumían la parte alta de la hierba, sin arrancar las raíces, y al mismo tiempo la iban abonando con sus excrementos en un proceso natural que se venía repitiendo durante cientos de años.

No obstante, un buen día el Ejército norteamericano inició la llamada «Gran Matanza» con el fin de acabar con los bisontes y conseguir de ese modo matar de hambre a los indios, ya que constituían su principal fuente de alimento.

En mil ochocientos ochenta apenas pastaban ya bisontes en las praderas; tan solo escaparon a la muerte los que se refugiaron en Canadá y de los cincuenta millones de muertos no se aprovechó más que la piel y –en algunos casos– la lengua.

El resto se pudrió al sol y, calculando una media de trescientos kilos por animal, se puede asegurar que por aquellos tiempos los norteamericanos desperdiciaron unos veinte mil millones de kilos de carne de primera calidad.

No obstante, los emigrantes canarios no podían ni imaginar que semejante monstruosidad pudiera llevarse a cabo algún día, y lo único que hacían era contemplar un espectáculo que les dejaba boquiabiertos e ilusionados por el hecho de saber que mientras aquellas fabulosas bestias existieran jamás volverían a pasar hambre.

Esa noche, Gracia Curbelo se puso de chuletones a la brasa «hasta el culo», se fue a la cama intentando disimular los eructos y los efectos del aguardiente, durmió como un tronco y al despertar le preguntó a su hija qué tal le había parecido la carne de bisonte.

Pero su hija no estaba en la carreta.

Tardó casi una hora en descubrir que no estaba en el campamento, y como todo lo que se seguía viendo era un horizonte de llanura o de animales pastando, dio la voz de alarma.

Damián Duval, al que le había cambiado la expresión y parecía casi lívido, estudió el terreno y al fin sentenció, casi rechinando los dientes:

–Se la han llevado.

–¿Quién?

–Los franceses.

–¿Cómo puede saberlo?

Señaló una plasta de estiércol en la que se distinguía una marca:

–Sus caballos tienen herraduras. Los de los nativos no.

–¡Que Dios nos ayude!

–Dios aún no ha llegado hasta aquí, señora. O la buscamos nosotros o ya puede darla por perdida.

–¿No decías que te gustaba esta tierra? –inquirió un sollozante Matías Curbelo–. ¡Mira lo que nos reservaba!

–No eches más leña al fuego –le reprendió con dureza Juan Leal–. Sabías que veníamos a un lugar salvaje. –Alzó el rostro hacia el guía–: ¿Qué podemos hacer?

–Si se siente capaz de mantener el orden en el campamento, iré a buscarla.

–Aunque sea a latigazos.

–En ese caso lo mejor es que me vaya mientras las huellas siguen frescas.

–¡Yo voy con usted! –señaló de inmediato Ginés Curbelo.

–¡Y nosotros!

El hombretón se volvió a los hermanos Armas, aunque no parecía sorprendido:

–¿Es que nunca vais a cansaros de meteros en líos?

–Esto ya no es un «lío»; es algo personal.

A los diez minutos estaban en marcha avanzando sin prisas con el fin de no perder las huellas, y al cabo de unas tres horas Damián Duval comentó:

–Creo que se dirigen a los bosques del noroeste. Mal lugar es ese.

Era un mal lugar sin duda alguna; más que bosque era casi una selva en la que pocos nativos se adentraban puesto que preferían cazar bisontes que ciervos teniendo que estar siempre atentos a la presencia de pumas o jaguares que de improviso parecían caer del cielo como un mortífero rayo.

Damián Duval odiaba a los grandes felinos y cabría asegurar que incluso aborrecía a los gatos porque le recordaban a sus primos mayores, con los que se había visto obligado a enfrentarse en demasiadas ocasiones.

Hacía ya casi veinte años dos pumas lo atacaron al unísono y jamás había conseguido explicarse cómo consiguió salvarse.

A menudo intentaba revivir la escena, pero únicamente le veían a la mente rugidos, gritos de dolor y olores intensos, sin ni una sola imagen, como si se hubiera tratado de una emboscada nocturna, cuando estaba seguro de que había tenido lugar a pleno día.

Cuando recuperó la conciencia le sorprendió que un cachorro le estuviera lamiendo la sangre del brazo, ajeno al hecho de que los cadáveres de sus padres se encontraban a un par de metros de distancia.

Le asaltó la tentación de pegarle un tiro, pero comprendió que el pobre animal se estaba comportando como lo que era, y no como lo que él hubiera querido que fuera.

Si todos los animales tuvieran que comportase como él quería que se comportasen llegaría un momento en el que únicamente sobrevivirían los perros.

En cierta ocasión se compró un perro entrenado para detectar pumas y jaguares, pero se lo comió un caimán antes de que tuviera tiempo de menear el rabo por lo que decidió que se las arreglaba mejor solo.

Por suerte su caballo tenía un olfato excelente.

Gracias a ese olfato y a su capacidad para rastrear huellas, al anochecer alcanzaron un claro del bosque, en cuyo centro se alzaba una cabaña que los franceses utilizaban como refugio y que se encontraba abastecida de aguardiente, galletas y carne seca.

Tras una copiosa cena encendió su pipa, disfrutó de un par de caladas y comentó:

–No hay franceses cerca, o sea que podéis dormir aquí. Yo prefiero hacerlo fuera.

–¿Y eso?

–Me crié en un orfanato.

–Lo siento.

–¿Por qué? Era un sitio estupendo en el que nos cuidaban con cariño y tenía muchos amigos. Nos enseñaban a leer, escribir y algunos oficios, aparte de cultivar la tierra y cuidar animales. El único problema estribaba en que éramos demasiados y teníamos que permanecer casi hacinados desde que se acostaban las gallinas hasta que cantaba el gallo. De ahí el que me acostumbrara a dormir en el patio.

–Siempre había oído decir que los orfanatos son lugares horrendos –señaló Ginés Curbelo.

–El horror no se encuentra en ellos, sino en quienes los dirigen. Yo tuve la suerte de que me tocaran unos franciscanos encantadores. Me daban pena algunos niños a los que sus padres maltrataban porque les veía regresar a casa con miedo, mientras que yo sabía que si me retrasaba lo único que recibiría sería un coscorrón.

–¿Y cuánto estuvo allí?

El guía pareció sonreír a sus propios recuerdos:

–Unos doce años, hasta que fray Porfirio, que más que Porfirio era porfiado, me eligió para que lo acompañara a catequizar a las tribus del norte. También hubiera sido una época feliz a no ser por el hecho de que el muy maldito, que me llevaba treinta años, trotaba como un burro montañés, me traía con la lengua fuera y se descojonaba al verme sudar como un pollo.

–¿Consiguieron catequizar a mucha gente? –quiso saber Cesar Armas.

–A fray Porfirio no le interesaba tanto catequizar como construir canalizaciones, abrir pozos, fabricar telares o curtir pieles sin que a las mujeres se les desgastaran los dientes ablandándolas. Yo era el encargado de enseñar a leer.

–¿O sea que ha sido maestro? ¡Nunca me lo habría imaginado!

–Será porque nunca has tenido imaginación. Entre fray Porfirio, que el Señor tenga en su gloria, y este que está aquí establecimos una veintena de asentamientos nativos, muchos de los cuales acabaron convirtiéndose en misiones.

–¡Ver para creer!

–Pues tú no lo viste, pero me tienes que creer o te expones a que te salte un ojo. Una mañana, a la orilla de un riachuelo encontré una pepita de oro y cuando quise buscar más fray Porfirio me señaló que él no había venido a buscar oro sino seres humanos, pero que si quería quedarme podía hacerlo.

–¿Oro...? ¿Oro de verdad?

Damián Duval extrajo de una bolsa de cuero que guardaba en el bolsillo una piedra dorada del tamaño de un pulgar.

–¿Te parece que es mentira?

–Nunca había visto nada igual. ¿Qué pasó después?

–Que durante un viaje de casi cuatro meses llegamos al borde del Cañón del Colorado y nos ocurrió lo mismo que a los que lo descubrieron. No puedes ni imaginar lo duro que resulta estar muerto de sed, ver tanta agua allá abajo y no encontrar la forma de llegar sin romperte la crisma.

–¿Tan profundo es?

–Casi un cuarto de legua de farallón cortado a pico. Fray Porfirio se arrodilló, bendijo el río, rezó un Padrenuestro y comentó que ya podía morirse tranquilo puesto que había visto la mayor obra del Creador. –Permaneció durante casi un minuto en silencio evocando aquel momento inolvidable, volvió a prenderle fuego a la pipa y al fin sentenció–: Y como era un hombre de palabra a los dos meses volvió a dejarme huérfano.

–También es mala suerte... ¿Qué hizo entonces?

–Enterrarlo.

–Aparte de eso, que ya lo suponía.

–Busqué el arroyo en que había encontrado la pepita de oro, pero no pude dar con él porque por allí hay miles de riachuelos parecidos y como conocía bien el territorio me dediqué al oficio que por aquel entonces estaba mejor pagado: cazaforajidos.

–Pero eso es muy peligroso... –le hizo notar su interlocutor.

–En una cacería siempre corre más peligro la alimaña conocida que el cazador al que no conoce. Yo contaba con la ayuda del Ejército, los nativos de los asentamientos que habíamos ayudado a crear y los colonos, que no deseaban ver a violadores acechando a sus esposas y a sus hijos.

–¿Como el tal Montojo...?

–Como el tal Montojo. Su padre debió disfrutar de unos minutos al engendrarlo y debió sufrir durante años al criarlo porque ni el mismísimo fray Porfirio hubiera conseguido enderezar a semejante malnacido. No me arrepiento de haberle ahorcado porque me consta que los violadores de niños nunca cambian.

–¿Usted tiene hijos?

–Una chica. Ya me ha hecho abuelo dos veces.

–¿Y dónde viven?

–Eso nunca lo diré. Tengo muchos enemigos que al no poder hacerme daño se lo harían a ellos.

El tabaco debía estar húmedo por lo que se vio obligado a prenderle fuego a la cazoleta por tercera vez, y mientras lo hacía los observó por encima de la llama.

–Y ahora me toca a mí hacer las preguntas –dijo–. ¿De dónde sois?

–De El Sauzal.

–¡Dónde queda eso?

–En Tenerife.

–¿Y por qué os fuisteis?

–Porque es un pueblo sin futuro.

–¿Solo por eso?

–Y porque los dos estábamos enamorados de la misma chica.

–O sea que habéis llegado tan lejos para acabar en lo mismo.

–¿Qué quiere decir?

–¡Vamos, que no me chupo el dedo! Los dos perdéis la cabeza por María.

Los hermanos intercambiaron una mirada interrogativa:

–¿Tú crees?

–Sería una putada. ¿A ti te gusta?

–María le gusta a todo el mundo.

–No me refiero a eso, sino a si sientes tentaciones pecaminosas.

–¡Pero coño, César! ¿Qué lenguaje es ese? ¡Ni que fueras el padre Ruiz! Hay días en que hasta la mismísima doña Adelaida me despierta tentaciones pecaminosas.

–Pues tiene un culo como un pandero.

–¡Basta! –los interrumpió el guía–. Lo que me importa no son vuestros problemas sexuales, sino por qué razón abandonasteis Cuba, donde por lo que me han contado os iba bastante bien.

–Nos atraía la aventura.

–Ya he oído esa versión y a otro perro con ese hueso. O me contáis la verdad u os dejo aquí tirados y regresáis solitos.

Los hermanos volvieron a mirarse y parecieron comprender que resultaba estúpido mentir.

–Un puñetero cotilla le contó al gobernador que su mujer se acostaba con uno de nosotros.

–¿Y era verdad?

–Solo a medias.

–¿Y eso?

–Se acostaba con los dos.

–¡Pero bueno! Es que no tenéis remedio.

–Somos gemelos.

–¿Cómo que sois gemelos? –repitió quien a cada momento parecía más desconcertado–. Tú eres un año mayor.

–Sí, pero en realidad somos gemelos; lo que pasa es que este es más vago y decidió quedarse otro año allí dentro.

–¡Anda y que os jodan! Me estáis tomando el pelo.

–Pues sí que ha tardado en darse cuenta.

CAPÍTULO XV

Beltrán alzó el rostro visiblemente desconcertado:

–¿Qué has querido decir con eso?

–Que es tuya.

–¿Mía?

–Sí. Es la chica que andábamos buscando: blanca, joven, guapa y probablemente virgen. Una madre perfecta para tus hijos.

–¿Y qué demonios pretendes que haga...? ¿Violarla?

–¡Hombre! Dicho así...

–Dicho de cualquier manera. ¿Por quién coño me has tomado? La madre de mis hijos será la mujer que yo elija, y que además desee ser la madre de mis hijos, no una chicuela asustada.

Marcel Garnier no salía de su asombro; para él las mujeres nunca habían sido más que criaturas –con frecuencia sumamente apetitosas– que el Ser Supremo había creado con el fin de que los hombres pudieran tener hijos y de ese modo se perpetuara su estirpe.

También eran buenas a la hora de cocinar, lavar, coser y buscar leña, pero no recordaba que su padre, sus tíos, sus abuelos, ni ninguno de sus compañeros de correrías las considerara de otro modo, ni sintieran reparo a la hora de llevárselas a la cama.

Que fuera su propio hijo el que le viniera con remilgos le dejaba atónito y le provocaba una profunda decepción.

–¿Acaso quieres dejarme en ridículo?

–Lo estás haciendo muy bien solito.

Alzó el brazo, que ahora más que nunca parecía una pierna, pero el muchacho, al que podría haber estrangulado con una sola mano, le advirtió:

–Si me tocas eres hombre muerto.

Y lo dijo con tanta tranquilidad, sin que se le alterara un músculo, que al gigantón no le quedó más remedio que admitir que hablaba en serio, sobre todo teniendo en cuenta que su hijo siempre había sido el más hábil de la cuadrilla a la hora de manejar una navaja.

Muchos comanches, negros o españoles, podrían haber dado fe de ello, a no ser por el hecho indiscutible de que estaban ya bajo tierra.

Recordó que le había educado para ser implacable y que siempre se había sentido orgulloso de haberlo conseguido.

Ahora empezaba a arrepentirse.

–¡De acuerdo! –se resignó–. ¿Qué quieres que hagamos con ella?

–Devolvérsela a su familia advirtiendo a los muchachos, sobre todo a Dominique, que quien la toque es hombre muerto. –Hizo un leve gesto señalándole la puerta–. Pero antes me gustaría que me contases algunas cosas sobre las costumbres de los españoles… ¿Te importa?

Cuando se hubieron quedado a solas, Beltrán Garnier le dirigió una tranquilizadora mirada a quien había entrado en la cabaña temerosa pero que ahora se sentía hasta cierto punto segura.

–Siéntate y tranquilízate –le pidió–. A mi padre no le queda más remedio que mostrarse implacable porque manda sobre una pandilla de matones, pero conmigo no le vale. ¿Cómo te llamas?

–María.

–Tengo una prima que también se llama María, tan bruta que mata bisontes con lanza. Pero teje unos ponchos preciosos. Este me lo ha regalado ella.

–Es muy bonito.

–Un poco llamativo porque lo ha teñido con cochinilla, pero me encanta.

–¡Y eso que es?

–Un bicho que se alimenta de los cactus, una especie de parásito que cuando lo aplastas expulsa un tinte de color carmín por el que en Europa pagan fortunas. También lo usan las mujeres para pintarse los labios. Sobre todo las artistas y cantantes. ¿Tú cantas?

–Me gusta oír cantar, pero por lo visto a la gente no le gusta oírme cantar.

–¿Tocas algún instrumento?

–Las maracas.

–¿Y eso?

–Son baratas. Te puedes hacer unas buenas maracas con un par de calabazas y unos granos de maíz.

–Nunca lo había pensado.

–Será porque nunca has sido pobre.

–¡Es posible! ¿Tienes novio?

–No.

–¿Y eso...? Eres muy linda.

–El único que me ha gustado es demasiado viejo para mí y solo piensa en una mujer que ya está muerta.

–¿Damián Duval...? –Ante el gesto afirmativo, el desconcertado muchacho añadió–: Te comprendo porque es un tipo estupendo. Mi padre lo respeta y eso es muy raro en él. Pero tienes razón; es demasiado viejo. Ahora te anda buscando.

–Lo suponía.

–Lo acompañan tres chicos.

–También lo suponía.

–Supones mucho.

–Es que los conozco; uno es mi hermano y los otros dos el ajo de todos los guisos: los hermanos Armas. –Arrugó la nariz en un gesto casi cómico al concluir–: Uno de ellos también me gustaba porque tiene un piquito de oro, pero como son de los que lo comparten todo le dejé correr.

–¿O sea que sentimentalmente estás libre?

–Es una frase estúpida. Y cursi; me extraña que con esos ponchos de colorines y esas frases te tomen en serio.

–Olvidas la navaja.

–Ciertamente la navaja es un argumento convincente.

–En ese caso no estaría mal que me respondieses en serio. ¿Estás libre?

–De momento sí y no tengo grandes opciones a la vista. ¿Y tú?

–Tampoco. Quizás no fuera mala idea conocernos mejor y con un poco de suerte solucionaríamos este embrollo.

–¿Estás hablando de casarnos?

–¿Por qué no?

–La idea no es mala, pero lleva tiempo porque de lo contrario te puede salir un marido tan putañero como Ulises o tan pelmazo como don Antón.

–Lo que me sobra es tiempo, y la verdad es que me apetece más charlar contigo que molerme el culo galopando por esas jodidas praderas, o emborrachándome con una partida de cretinos que si no bebes no te respetan.

–Tampoco yo tengo nada mejor que hacer, pero mis amigos me buscan y corren peligro.

–Eso puede arreglarse.

–¿Cómo?

* * *

«Queridos Ginés, Damián, Cesar y Martín:

Os agradezco lo que estáis haciendo, pero me encuentro bien y me gustaría disponer de algún tiem-

po para conocer mejor a Beltrán, que no es que sea un Ulises, pero tampoco yo soy una Penélope.

Si dentro de una semana no he vuelto podéis volarle la cabeza.

Un beso a todos. María».

–Esto solo puedo haberlo escrito mi hermana.

–¿Tan bien conoces su letra?

–Como letra es horrenda, pero me juego un doblón a que enreda a ese pardillo.

–¿Y desde cuándo tienes tú un doblón?

–Algún día lo tendré y me lo juego por anticipado sabiendo que gano. La conozco como si la hubiera parido puesto que ayudé a mis padres cuando vino al mundo.

–Yo nunca aceptaría esa apuesta –señaló Damián Duval.

–¡Ni yo!

–¿Y qué hacemos?

–Lo que ella ha dicho: volver y esperar.

–Mi padre se va a poner furioso.

–Enséñale la carta y se tranquilizará.

–No sabe leer.

–¡Vaya por Dios!

–Bastante hizo con sacarnos adelante persiguiendo conejos por los pedregales de Lanzarote. Las rocas volcánicas son como cuchillas y a menudo regresaba con los pies rajados y sangrando hasta las rodillas.

Cuando le leyeron la carta, Matías Curbelo permaneció muy quieto, cejijunto y pensativo, pidió que volvieran a leérsela, se rascó la coronilla y sentenció:

–Mi María es más lista que cualquier franchute de mierda. Y sabe mucho sobre ese tal Ulises.

Se alejó como si nada hubiera ocurrido y cuando Ginés le preguntó a su madre qué pensaba esta pareció corroborar, a su manera, la opinión de su marido:

–Nunca me he explicado como ese mostrenco pudo hacerme una hija tan inteligente, pero estoy de acuerdo en que tu hermana es una auténtica ardilla. Confía en ella.

La caravana se puso de nuevo en marcha, con su paso cansino, rumbo al nordeste, pero en cuanto nadie reparó en ella Gracia Curbelo trepó a la carreta, acarició la piedra de moler como si se tratara de la cabeza de su hija, comenzó a llorar y murmuró en voz muy baja:

–¡Mi pobre niña...!

* * *

«Su pobre niña» acababa de lanzar los dados sobre la mesa, por lo que casi al instante exclamó:

–¡Siete!

–¿Siete otra vez? ¡No puede ser! Haces trampa.

–Los dados son tuyos.

–Es la forma de tirarlos; mueves los dedos de un modo muy raro.

–El único que hace algo raro con los dedos eres tú, que no paras de metértelos en la nariz y tienes el suelo sembrado de pelotillas. ¡Paga y calla!

Beltrán Garnier alzó los ojos hacia su padre suplicando ayuda:

–¿Qué puedo hacer con ella?

–Te lo dije en su momento y no me escuchaste. Ahora ya no es mi problema.

–¡Pero es que hace trampas!

–Escucha, hijo; si te hace trampas a diario y no eres capaz de descubrir cómo te las hace, es que mereces que te las haga. Así que espabila.

–¿Y si le corto un dedo? Ese con el que hace un gesto tan sospechoso y el dado gira.

–¿Y si yo te corto una bola...? –quiso saber la muchacha–. Seguro que te sirve de menos que a mí mi dedo.

–¡Está bien! No te cortaré un dedo, pero deberás tirar los dados con más fuerza; no así, que parece que se te caen.

María obedeció, tiró los dados y uno cayó al suelo, por lo que se limitó a comentar:

–Tendrás que comprarte una mesa más grande.

Marcel y Beltrán Garnier demostraron su educación, se agacharon a buscar el dado, y justo cuando se encontraban gateando hizo su entrada Dominique Lavalle acompañado de dos hombres, que expresaron claramente su desacuerdo con lo que estaban viendo.

–¡Pero bueno...! –no pudo por menos que lamentarse uno de ellos–. Primero nos llevas a raptar mujeres, pero hacemos el ridículo y acabamos regalando una mula con toda su carga. Luego nos ordenas secuestrar a esta lianta para convertirla en tu nuera y lo único que hace es jugar a los dados y obligaros a andar a cuatro patas. ¡No es serio, Marcel! No es serio. Y tú, o te casas de una vez, o la entregas para uso de la comunidad, como todas las solteras.

–Ya he dicho que al que la toque le rajo.

–Pues tendrás que rajar a muchos. Que un grupo muy bien cohesionado se esté desmoronando por culpa de...

–¿Y eso qué significa...?

–¿El qué?

–Lo que acabas de decir: «cohesionado». Nunca lo había oído.

–Significa que algo se encuentra muy unido –le aclaró María.

–¡Tú calla, sabihonda!

–No le hables así a mi novia.

–¿Tu novia...? ¿Tu novia? –se indignó otro de los recién llegados–. Estamos hasta el gorro de «tu novia», que no es una novia sino una pesadilla. O mejor dicho, una ladilla.

–¿Qué es una ladilla?

–Mejor que no lo sepas y no tengas que saberlo nunca.

–Si se casa contigo lo sabrá, o sea que hazlo de una vez o nos largamos.

Al parecer todos estaban de acuerdo, incluido Marcel, puesto que abandonaron la estancia dando un portazo, y cuando se hubieron quedado a solas María Curbelo movió la cabeza con gesto pesaroso.

–Creo que te estoy trayendo demasiados problemas.

–Y yo creo que llevas los problemas a donde quiera que vas.

–No te diría que no, pero se me ocurre una idea para solucionar este embrollo: nos lo jugamos a los dados.

–No, que haces trampas.

–Los tirarás tú y si sale pares nos casamos; si sale impares, no. –Hizo una pausa antes de añadir, como condición indispensable–: Pero si nos casamos tienes que construirme una casa de piedra, no una de estas cabañas de madera que parecen un horno, se filtra el polvo por todas partes y se las lleva el primer tornado.

–Eso no te lo puedo prometer. Por aquí apenas hay buenas piedras y las pocas que se encuentran se usan para cuarteles, misiones o chimeneas. Por eso, cuando una casa se incendia o se la lleva el viento, lo único que queda en pie es la chimenea.

–Pues que sea de adobe.

–Tampoco puede ser.

–¿Y eso? ¿Acaso no hay barro?

–Lo que casi no hay es arcilla. Estas llanuras son el resultado del sedimento de los ríos y por lo tanto la tierra es muy fina, casi como polvo, y si se intenta construir un ladrillo, en cuanto se seca se desmorona.

–Pues vaya una mierda de tierra.

–Es buena para los bisontes y las vacas.

–Pero yo no tengo cuernos.

–Ya me ocuparé de eso en su momento. Lo que sí te prometo es construirte una casa de roble o caoba con dos plantas, amplios ventanales y un bonito porche.

–Mejor eso que nada, o sea que tira los dados y recuerda: pares, nos casamos; nones, me devuelves a la caravana.

CAPÍTULO XVI

Al verlo sintió un vahído.

Nunca, ni en los peores momentos, en mitad de una tormenta o la mañana en que vio llegar una embarcación cargada de moros que parecían dispuestos a esclavizarlo, había experimentado una sensación semejante.

En aquella ocasión se había visto obligado a remar como un galeote hasta llegar a la costa, abandonar la barca y correr a esconderse en lo más profundo de un intrincado tubo volcánico de más de una legua de largo que desde tiempo inmemorial había servido de escondite a los isleños ante las incursiones de los bereberes.

Quien no conociera muy bien «La Cueva de los Verdes» se arriesgaba a no volver a salir nunca, y de hecho eran muchos los que nunca habían salido.

El vahído volvió a amenazarlo, se esforzó en recuperar la calma sin conseguirlo y al fin decidió acudir a contarles sus problemas a Ambrosia y Omany Sangué, que casi se negaron a aceptar que fueran ciertos.

–¿Pero cómo pudo ocurrir?

–Fue culpa mía. Se suponía que me iba con ellos, pero en el último momento te pedí que me dejaras quedarme –mostró el pedazo de papel como si fuera el cuerpo de un horrendo delito–. Acabo de encontrármelo en un bolsillo.

–¡La puta!

–¡Ambrosia...!

–Perdona, cariño, pero es que es una auténtica cabronada. En esa cueva se encuentran los muebles y los recuerdos personales de mucha gente a la que aprecio. Y ahora los han perdido.

–No los han perdido –se apresuró a contradecirlo Torano Fajardo–. Lo que ocurre es que tengo que llevarles el mapa.

–¿Y lo harás tú? ¿Un pescador que casi se tambalea cuando pisa tierra firme?

–¿Lo harías mejor tú, un negro que en cuanto asomara la cabeza fuera del bosque se la cortarían? Es mi responsabilidad; lo fue desde el día en que me confiaron sus cosas, y no pienso eludirla.

–Pero si te matan o te pierdes, el mapa también se perderá.

–Haré tres copias que se quedarán aquí. Si yo no lo consigo, pronto o tarde alguien le hará llegar una a Juan Leal.

–Eso está bien pensado, ya ves tú, aunque el problema sigue siendo el mismo: ¿cómo vas a encontrar a Juan Leal?

–Como se encuentran las cosas; sé dónde estoy, sé hacia dónde se dirige la caravana, y tengo una brújula. Lo único que necesito es un caballo.

–Pero nunca has montado a caballo.

–Porque nunca me ha hecho falta.

–¿Has montado en camello? –quiso saber Ambrosia.

–Tampoco.

–¿Cómo es posible que viviendo en Lanzarote nunca hayas montado en camello?

–¿Acaso era obligatorio? Prefería los burros porque no giran el cuello intentando morderte, no te gruñen enseñando los dientes, no te escupen y no te echan un aliento apestoso.

–De eso no puedo opinar porque nunca he visto un camello –admitió Omany Sangué–. Pero parece lógico.

–Posiblemente, pero no tenemos ni burros, ni camellos, o sea que calcula cuánto tiempo podrá mantenerse este besugo montando a pelo un caballo.

–¿Un «Padrenuestro»?

–Más bien un «Avemaría», pero habrá que intentarlo.

Lo intentaron, y si bien es cierto que el animoso Torano ponía cuanto estaba de su parte aferrándose a las crines de un animal ciertamente bienintencionado, no solía ser mucho lo que tardaba en escurrirse de uno u otro lado para acabar cayendo como un saco.

–Nos vendría mejor una paloma mensajera.

–Mi tío Sebastián tenía muchas, pero nos las comimos.

–Pues a este no podemos comérnoslo, o sea que volvamos a intentarlo.

Lo hicieron y ya bien entrada la mañana le vieron alejarse bamboleante e inseguro, pero por suerte el terreno era blando y la hierba alta, por lo que en cuanto el pescador se caía volvía a levantarse observado despectivamente por un paciente animal que lo miraba como si se estuviera preguntado cómo se podía llegar a ser tan escandalosamente inepto.

Acostumbrado como estaba a galopar llevando sobre sus lomos a bravíos guerreros comanches o experimentados soldados españoles, cargar con alguien que cada veinte minutos acababa en el suelo se le antojaba una absoluta falta de respeto hacia su persona.

Y así durante todo un día.

El molido y maltratado jinete se acostó con las bridas del animal atadas a la muñeca y hasta cierto modo orgulloso de sí mismo al comprobar que seguía el rumbo correcto.

Cada estrella se encontraba en el lugar apropiado en el momento que consideraba apropiado y luego desaparecía por donde debía desaparecer, al tiempo que otra se elevaba sobre el horizonte en el momento en que sabía que tenía que elevarse.

Aquel era «El Sendero de las Estrellas» de los nómadas, «El Avei-A» de los polinesios, o simplemente el «Camino a Casa» de los isleños que se aventuraban a faenar en los ricos caladeros mauritanos.

Por fin cayó agotado de tanto de tanto subir y bajar y durmió como un tronco hasta que pasada la media noche le despertó una bocanada de aire ardiente.

Permaneció muy quieto, intentando hacerse una idea de qué clase de peligro lo acechaba, volvió el soplo y cuando abrió los ojos no pudo dar crédito a lo que estaba viendo.

–¡Si serás cabrón! –exclamó indignado–. Con lo grande que es Texas y tienes que venir a acostarte a mi lado. ¿Qué pretendes? ¿Jurarme amor eterno?

El animal se limitó a emitir un corto relincho que no parecía constituir una aceptación, pero tampoco una negación, y así permanecieron durante el resto de la noche.

Con la primera luz Torano Fajardo consultó la brújula, se puso como objetivo una meseta rojiza que se vislumbraba en la distancia y reanudó el tormento de caminar, trepar o caer, hasta que a media mañana su excelente vista le permitió distinguir que una carreta tirada por cuatro hermosos caballos se dirigía directamente hacia él.

La conducía el forzudo Sixto Leal y a su lado se encontraba el inefable padre Ruiz.

–Íbamos en tu busca.

–Pues aquí estoy.

–¿Tienes el mapa?

–Lo tengo.

–¡Bendito sea Dios! Esa gente necesitará sus muebles cuando lleguen a su destino.

–¿De dónde han sacado los caballos?

–Obsequio de los comanches.

–¡Ver para creer!

Se sentaron a almorzar allí mismo y Torano, que se había alimentado casi siempre de pescado, se puso –al igual que doña Gracia Curbelo– «hasta el culo» de unos jugosos chuletones de bisonte que no había probado en su vida, acompañados de largos tragos de un suculento aguardiente francés que tampoco había probado nunca.

–Parece que esto de las Américas no es tan malo –comentó mientras aceptaba el cigarro que le alargaba Sixto Leal, que era hermano del tuerto.

Aprovecharon para contarse las incidencias de los últimos tiempos, que ciertamente eran bastantes, y algunas de ellas en verdad sorprendentes.

Como resultaba en cierto modo lógico, el religioso se interesó por las creencias de los cimarrones y más tarde se empeñó en confesarle una cosa, a la que el pescador se opuso:

–Confórmese con saber que ni he matado ni he robado.

–Vistos los tiempos que corren ya es bastante. Y ahora creo que deberíamos echarnos una buena siesta.

Lo hicieron a la sombra del carromato hasta que advirtieron que media docena de jinetes se aproximaban llegando desde el este.

Los comandaba el pelirrojo pecoso y esmirriado que tiempo atrás se había enfrentado a Damián Duval, y que seguía sin poder ocultar sus ansias de desahogar sus frustraciones sobre alguien a quien pudiese considerar inferior:

–¿Hay negros entre ustedes? –fue la idéntica pregunta.

–Algo tostaditos por el sol sí que estamos –le respondió con sorna el padre Ruiz señalando a quienes lo acompañaban–. Pero no hasta ese punto.

–¡Ya lo veo ya...! ¿Y en la carreta?

–Puedes entrar a comprobarlo, pero antes conviene que te fijes en la cruz de la lona. ¿Alguno sabe lo que significa? –Ante la negativa añadió–: Significa que pertenece al cardenal, que también ejerce como Inquisidor Mayor a este lado del océano... –El gesto retador de los jinetes iba cambiando por momentos, por lo que continuó–: O sea que si a alguien se le ocurriera entrar en esa carreta estaría invadiendo un territorio que pertenece a «La Santa Inquisición», lo cual trae aparejada la inmediata excomunión.

–¡La excomunión!

–Eso marca la ley. Y la excomunión significa que cualquiera puede apoderarse de vuestras posesiones, vuestras esposas tienen la obligación de repudiaros, y vuestros hijos el derecho a renegar de vuestro nombre, sobre todo si habéis sido quemados en la hoguera.

–¡Joder con «La Inquisición»! ¿Tú sabías algo de eso?

–Algo había oído, pero si el cura lo confirma…

–Pues si tienen un negro ahí dentro con su pan se lo coman. Yo me largo.

Se fueron, con los rabos de los caballos entre las piernas, y cuando se hubieron alejado lo suficiente, Torano comentó:

–¡Caray, padre! Jamás imaginé que pudiera usted mentir con tanto desparpajo.

–Es que la mayoría no son mentiras, hijo. Por desgracia no son mentiras.

–Pues me han sonado muy bien –admitió Sixto Leal–. ¿Queda algo de ese fabuloso aguardiente francés?

–Si bebes, no conduzcas –le advirtió el religioso.

* * *

–Salieron nones.

–¿Y eso qué quiere decir?

–Que como la misma palabra dice: no nos casamos.

–¿O sea que la virtud de mi hija quedó en manos de unos dados, como si se tratara de la túnica sagrada? –quiso saber Gracia Curbelo.

–No, porque si hubiera salido pares nos habríamos casado, con lo que mi virtud habría quedado a salvo.

–¿Y qué tiene que ver la túnica sagrada con Ulises? –inquirió un cada vez más confuso Matías Curbelo.

–Nada, papá; una cosa es «La Odisea» y otra La Biblia.

–No creo que hubiera conseguido entenderlo ni aunque hubiera aprendido a leer.

Se alejó refunfuñando tal como tenía por costumbre, y su esposa aprovechó para acariciar amorosamente la mano de su hija e inquirir algo que hasta ese momento no se había atrevido a insinuar:

–¿Todo fue bien?

–¿Te refieres a si me violaron o maltrataron? Ni me violaron ni me maltrataron. He regresado intacta y empiezo a temer que como esposa, e incluso como amante, me aguarda un negro futuro. Ya van cuatro que me rechazan: Damián Duval, Martín Armas, el comanche «Ojolargo» y ahora Beltrán Garnier. O me cantan los sobacos o me hiede el aliento.

–¡No digas tonterías! Tú siempre has olido a rosas... –Dudó unos segundos–. Excepto de pequeñita, que eras una cagona explosiva. De pronto reventabas y la mierda llegaba al techo. ¿Qué piensas hacer?

–Lo que hemos venido a hacer: construir una ciudad. ¿Cuánto falta para llegar?

–Nadie lo sabe con exactitud porque la gente se encuentra agotada. A veces me pregunto cómo los viejos han sido capaces de resistirlo.

–Porque son isleños; si sobrevivieron a los volcanes y a las sequías sobrevivirán a todo. ¿Dónde está «Ojolargo»?

–Su tribu se marchó tras los bisontes y se fue con ellos. Será un buen año para los comanches.

–Le echaré de menos.

–Y él a ti. Hubiera sido un buen marido y una interesante unión entre dos mundos diferentes.

–No me apetece ser la unión de dos mundos, pero he aprendido muchas cosas que conviene que se sepan.

Esa noche, reunidos en torno a la hoguera, explicó con todo lujo de detalles las razones por las que la mayoría debían renunciar a tener casas de piedra o adobe que soportasen la fuerza de un tornado o el desborde de un río, por lo que debían esforzarse en aprender la mejor forma de construirlas de madera.

–¡Observad esta tierra...! –señaló mientras levantaba un puñado y lo dejaba caer desde media altura–. Antes de tocar el suelo ya es polvo que el viento desplaza convirtiéndolo todo en un erial.

–En ocasiones se forma «un cuenco de polvo» que gira durante semanas impidiendo que pase el sol y arruinando las cosechas –intervino Damián Duval como para corroborar sus palabras–. Ese será su peor enemigo y tendrán que aprender a vivir con él.

Esa noche los isleños se fueron a la cama intentando hacerse a la idea de que jamás podrían tener un techo bajo el que sentirse seguros y que cuanto les habían enseñado sobre la forma de tallar una roca y darle forma para que encajara con otra formando una pared de poco les serviría.

Tampoco había cuevas que los aislaran del sofocante calor o el frío intenso, por lo que el Nuevo Mundo se les antojaba una vez más absolutamente nuevo y cada vez más hostil.

Horas después, cuando la primera claridad se vislumbraba en el horizonte, Damián Duval –que como siempre parecía dormir con un ojo cerrado y otro abierto– se aproximó a los hermanos Armas, que ensillaban sus caballos.

–¿Adónde vais tan temprano?

–A Arizona.

–O tal vez a California.

–¿Y eso?

–Usted dijo que allí hay oro.

–Mala excusa es esa.

–El oro nunca ha sido una mala excusa.

–En este caso sí. Y ya soy lo suficientemente viejo como para comprender que no os vais por el oro, sino porque María ha vuelto.

–¡Tonterías!

–Ninguna tontería, y lo comprendo porque ante todo seguís siendo hermanos y seguís siendo «gemelos con un año de diferencia».

–¡Si usted lo dice...!

–Lo digo porque tengo ojos en la cara y algo más que piojos debajo del sombrero. ¿No pensáis despediros?

–Odiamos las despedidas.

–Supongo que todo el mundo odia las despedidas, pero a veces son necesarias.

–¡Hágalo por nosotros!

–Lo haré. ¡Suerte!

–¡Gracias!

Observó cómo se alejaban y se preguntó cuál sería su destino si se encaminaban a tierras en las que nadie era capaz de determinar si encontrarían amigos o enemigos.

Tardó varios años en saber que César murió a manos de los apaches, pero que su hermano había encontrado oro y había regresado a El Sauzal, donde se había construido una inmensa mansión desde la que dominaba la blanca cima del Teide y veía ponerse el sol sobre el azul del mar.

Y como su dueño había sido el primer isleño que regresaba rico de las Américas, su casa acabó llamándose «La Casa del Indiano».

CAPÍTULO XVII

Todos lamentaron la marcha de los hermanos Armas.

No eran «conejeros, o sea lanzaroteños; tan solo eran «chicharreros», o sea tinerfeños, pero nadie se opuso a que se les considerara «conejeros de adopción» porque siempre fueron mujeriegos, divertidos y parranderos pero dispuestos a ayudar a los demás aunque pusieran en peligro su vida.

Cuando María le preguntó a Damián Duval la verdadera razón por la que se habían marchado, el guía no tuvo el menor inconveniente en tergiversar la verdad:

–Nacieron para hacer lo que quieren yendo adonde les apetece, y lo único que podemos hacer es dar gracias a Dios por haberles conocido. Y ahora límpiate esas lágrimas y vuelve al trabajo.

–No son lágrimas; es el viento, que me irrita los ojos.

–Cada vez mientes peor, y mira que llevas tiempo practicando.

–Hay quien practica para que la gente le aborrezca y cada vez lo hace mejor.

–Hasta para eso se necesita un cierto estilo.

–¿Cuándo llegaremos?

–¿Ves aquel bosquecillo de álamos? A unas tres leguas hacia el norte se encuentra el río San Antonio, y siguiendo su cauce en un par de días alcanzaremos la misión y el presidio.

–Nadie nos había hablado de un presidio.

–Nadie ha hablado de demasiadas cosas porque tener a presidiarios de vecinos siempre asusta, y en ese se encuentran los peores criminales de la región. A algunos los he metido yo allí, pero como compensación la misión es la más tranquila y acogedora que conozco.

Damián Duval no podía saber, y lógicamente nunca lo sabría, que en la misión de El Álamo se libraría una de las batallas más sangrientas de su época, en la que los partidarios de independizar Texas de la recién creada república mexicana serían pasados a cuchillo –tanto hombres como mujeres y niños– por culpa de la ominosa frase «a degüello», pronunciada por el implacable general Santa Anna.

En aquellos momentos, justo un siglo antes, lo único que importaba era que el veterano guía conocía bien su oficio, por lo que en la fecha señalada los zarandeados viajeros pudieron bañarse, librarse del polvo acumulado durante meses y dormir bajo techo.

Los solícitos frailes los ayudaron en cuanto fue posible, y a los cuatro días, el primero de agosto de mil setecientos treinta y uno, se instauró una asamblea en la que tomaron parte todos los isleños con el fin de decidir cómo se repartirían las tierras que la Corona española les había concedido en lo que en un principio se denominó San Fernando de Bexar, y que un siglo más tarde acabaría llamándose San Antonio de Texas.

Como primer alcalde fue elegido Juan Leal, quien ordenó rotular quince parcelas de parecidas características, todas situadas a lo largo del río, y un domingo por la noche se procedió al sorteo entre las quince familias que habían zarpado de las islas.

Al amanecer del día siguiente, los Curbelo, al igual que cada una de las familias beneficiadas, se encontraban a orillas del San Antonio, esperando que la primera luz del día les mostrara el lugar en que vivirían el resto de sus vidas y en el que probablemente nacerían sus hijos y sus nietos.

Sabían que el alba les traería el final de un largo sueño que la mayor parte de las veces se había convertido en pesadilla.

Susurraba el agua, croaban las ranas, murmuraban las copas de los álamos y un coyote aullaba no muy lejos.

–Se llamará Ítaca.

–¿Y eso qué quiere decir?

–Es la isla en la que había nacido Ulises y a la que regresó veinte años después.

–¡Ya estamos otra vez con el dichoso Ulises! –refunfuñó su padre–. Se llamará «Los Curbelo».

–Pero...

–Tiene razón tu padre, cielo; Ulises no pasó las de Caín para llegar hasta aquí. Nosotros sí.

Cuando al fin lo alumbró la primera luz ni siquiera Ulises hubiera soñado con que el lugar resultara tan hermoso, por lo que lo único que pudieron hacer los Curbelo fue abrazarse, besarse, acariciarse, reír y llorar para acabar lanzándose al río.

–Ahí levantaremos la casa y abriremos una atarjea para llevar el agua hasta aquella hondonada, donde plantaremos maíz. En la colina manzanos y en los cactus cochinilla.

–¿Y los tomates?

–Junto a las zanahorias y las lechugas.

–¡Un momento! –le interrumpió su esposa–. Recuerda que sabemos muy poco acerca de cómo plantar lechugas, tomates o zanahorias en esta clase de tierra tan ligera; deberíamos pedir consejo a los frailes.

Lo hicieron y los solícitos franciscanos les explicaron lo que tenían que hacer, excepto en el tema del maíz, ya que María había insistido en que esa era misión suya.

Aceptaron dejarla a su cargo, y cuando la tierra se hubo empapado tanto que los dedos se le hundían hasta los nudillos acudió de noche, rezando un Padrenuestro cada vez que enterraba una semilla del «millo de seña Eufrasia».

Al acabar se arrodilló de cara al sol que aparecía ofreciéndole la cosecha a san Fernando, que por lo visto era el santo del lugar.

Días más tarde Damián Duval acudió a despedirse y se le notaba triste por alejarse de tantos amigos, aunque feliz por perder de vista lo que empezaba a convertirse en un pueblo que evidentemente le asfixiaba.

–¿Y a dónde irá? –quiso saber María–. ¿A cazar forajidos?

–Esta vez no; me han pedido que conduzca una caravana a la costa norte de California.

–¿Conoce el territorio?

–Es tan inmenso que nadie lo conoce –fue la sincera respuesta–. Pero al parecer confían en mi sentido de la orientación y en mi capacidad de entenderme con los nativos.

–Pero por lo que me contaron los Garnier es tierra de apaches –le hizo notar ella–. Gente agresiva.

–Creo que ya te he dicho alguna vez que la mayoría de los nativos tan solo son agresivos cuando se les agrede, y espero que entiendan que hay sitio para todos.

–Pero no está muy seguro.

–Estas no son tierras de seguridad, pequeña; son tierras de instinto.

–¿Y usted siempre confía en su instinto?

–Animal que es uno... –le revolvió el pelo como si fuera un muchacho–. ¿Ya sabes lo suficiente como para escribirme de vez en cuando?

–¿Y a dónde envío las cartas?

–Al «Buzón de Texas».

–¿Dónde queda eso?

–Es un pequeño puesto de intercambio comercial, cerca de Arizona. No tienes más que poner en el sobre

«Damián Duval-Buzón de Texas», y todo el que pase por allí, vea la carta y sepa por dónde ando me la aproximará. Es la costumbre.

–¿Y si la lee?

–Le cortan la lengua. Es la costumbre.

* * *

Matías Curbelo, que nunca había aprendido a leer y en muchos aspectos podría considerársele un tarugo, sabía no obstante mucho sobre muros, techos o atarjeas, y no dejaba de trabajar mientras hubiera la suficiente luz como para ver lo que estaba haciendo.

Gracias a ello su casa fue la primera en alzarse a orillas del río, por lo que su hija fue la primera muchacha isleña que tuvo una habitación propia que disponía de cama, mesa, armario y una piedra de moler.

La cama no era demasiado amplia y la mesa cojeaba, pero aquello era más de lo que María había tenido nunca, por lo que cada vez que pasaba junto a su padre le daba un beso, que él fingía rechazar con desagrado:

–¡Acabaré baboseado!

En cuanto la casa estuvo acabada y su familia protegida, Ginés Curbelo, que conocía bien el terreno, organizó una línea de caravanas hasta Corpus Christi.

Sin la absurda obligación de pasar por el palacio del marqués de Aguado y manteniendo una buena relación con los nativos, una carreta con un tiro de seis caballos hacía el viaje en cinco días.

Como el terreno carecía de grandes accidentes, los caballos al paso solían recorrer una legua a la hora y podían hacerlo durante diez horas sin necesitar más que tres cortos descansos para abrevar.

Sin saber leer, aunque aprendió al poco tiempo, Ginés Curbelo fue capaz de organizar un sistema de postas mediante el cual se cambiaban los caballos y descansaban los pasajeros, con una fórmula similar a lo que un siglo más tarde sería el «Servicio de Diligencias West&Fargo», que se acabó convirtiendo en la columna vertebral de las comunicaciones en Norteamérica hasta la llegada del ferrocarril.

En sus mejores tiempos, una diligencia podía recorrer los cuatro mil quinientos kilómetros que separaban San Luis de San Diego en tres semanas.

Los vehículos que utilizaba Ginés Curbelo no llegaban a la sofisticación de unas diligencias que disfrutaban de espacios cerrados para los pasajeros con ventanillas que protegían del viento y asientos acolchados, pero eran desde luego muchísimo más cómodos que las vetustas carretas que les habían traído desde Veracruz.

Una vez en Corpus Christi, las sacas de correspondencia eran embarcadas en los navíos más rápidos con el fin de que al cabo de una semana pudieran estar en La Habana y en menos de un mes en Cádiz, desde donde una posta real las conducía, casi al galope, hasta Madrid.

De ese modo Su Majestad Felipe V se encontraba informado sobre cuanto ocurría en unos territorios que dada su grandiosidad no llegaba a abarcar mentalmente, pero al que cada día se veía obligado a enviar nuevas familias de colonos si no deseaba que se los arrebataran los franceses.

Lo que en cierto modo le molestaba, aunque se abstenía de comentarlo fuera de su círculo íntimo, era la falta de imaginación de cuantos daban nombre a las ciudades.

–¿Cómo voy a acordarme de dónde se encuentra cada una si esto no es más que el santoral repetido hasta la saciedad? –se lamentaba–. San Antonio, San Diego, Santa Mónica, San Francisco, Los Ángeles, Santa Anita...

–Es que los que las bautizan son curas.

–Como aquí. Pero el nombre de los niños no lo eligen los curas sino los padres. ¿A nadie se le ocurre algo así como Caminoverde o Puenteviejo?

–Es que aún no hemos abierto caminos ni construido puentes.

–Pues que los construyan, y que le pongan a un pueblo San Pancracio, que por lo menos es el patrón del dinero. Hasta ahora lo único que nos proporciona la dichosa Texas son dolores de cabeza y padrenuestros.

Sabía muy bien que lo que acababa de decir no era cierto ya que el esfuerzo de los colonizadores consolidaba su poderío en el Nuevo Mundo, y por lo tanto consideraba que lo justo, lo lógico y lo más conveniente era que cuantos habían pasado por tantas dificultades encontraran una vida mejor.

–Proporcionad a esa buena gente lo que necesiten y libradlos de la servidumbre del marqués de Aguado, que por lo que me han comentado no es más que un impostor.

–Se sentirá ofendido.

–Más se ofenderá si le meto entre rejas, que es lo que pienso hacer en cuanto me proporcionen pruebas que me confirmen que obligó a los isleños a dar un rodeo de cuatro meses por puro capricho. Admito que a veces es necesario tratar con dureza a ciertos súbditos, pero nada justifica que se les trate como a payasos.

La decisión de Su Serenísima Majestad fue encarcelar al marqués y enviar por la vía más rápida nuevas familias de isleños, andaluces, extremeños e incluso solteros vascos y gallegos, por lo que al cabo de medio año la futura San Antonio empezó a adquirir los rasgos de una ciudad fronteriza a la que incluso los franceses acudían con el fin de intercambiar sus mercancías.

Entre ellos no podían faltar los Garnier, y la primera visita de Beltrán fue a la que había estado a punto de convertirse en su esposa.

–¿Sigues soltera?

–Sigo soltera.

–¿Y sin compromiso?

–Y sin compromiso.

–Curioso.

–Después de haber estado a punto de casarme contigo cuesta mucho encontrar un buen candidato.

–Sigues siendo increíblemente liante y mentirosa, pero la propuesta continúa en pie.

–Tengo una familia preciosa, una casa que me construyó mi padre, un río en el que bañarme, campos que producen cochinilla, y tres veces por semana enseño a leer a los mayores. ¿Crees que cambiaría todo eso por un cretino que se enfada cuando le gano a los dados?

–Puedo cambiar.

–Mi madre me enseñó que cuando una mujer se empeña en cambiar a un hombre casi siempre acaba cambiándole las cosas que le gustaban y dejándole convertido en un pazguato. Más vale un amigo adorable que un marido abominable... –Agitó la cabeza en señal de admiración al añadir–: Por cierto, esas botas son preciosas. ¿Te las juegas?

–¡Anda y que te zurzan! ¿Crees que voy a salir de tu casa descalzo? Desnudo, bueno, pero descalzo, no. –Cambió el tono volviéndose casi suplicante al añadir–: Y una vez que ha quedado claro que no me quedan esperanzas, me gustaría pedirte un favor.

–Tú dirás.

–He visto que tienes una alumna preciosa; una cordobesa de ojos negros con una melena que le llega al culo y...

–¿Rocío...?

–¿Te importaría presentármela?

–¿Y qué le digo? ¿Aquí un amigo navajero infectado de ladillas?

–Ya no tengo ladillas.

–¿Y eso?

–Me sumergí en el río respirando a través de una caña y se ahogaron. –Hizo una pensativa pausa–. Aunque también pudo ocurrir que se las comieran los peces, porque constantemente sentía un cosquilleo en las partes bajas y los sobacos.

–¿O sea que ahora tenemos que estar un mes sin probar pescado porque puede haberse alimentado de ladillas?

–¿Y qué más da ladillas que gusarapos? ¿Me presentas a Rocío o no? Recuerda que me debes muchos favores.

–¿Como cuáles?

–Como impedir que Lavalle y su gente te violaran.

–Eso es muy cierto.

Le presentó a la hermosa Rocío y le alegró que congeniaran porque sabía que Beltrán Garnier era un buen muchacho y probablemente el hombre con el que ella misma debería haberse casado de no haber sido por el hecho –demasiado habitual– de que no sabía muy bien cuáles eran las virtudes que debía tener su marido.

CAPÍTULO XVIII

—Quiero volver a Lanzarote.

–¿Y eso?

–Si, como tía Carmela asegura, los volcanes han reducido su actividad e incluso ha llovido, creo que ha llegado el momento de explicarles a los que se quedaron la verdad sobre las ventajas y los inconvenientes de venir a Texas.

Tanto sus padres como su hermano la observaron ciertamente sorprendidos, pero más sorprendida quedó ella cuando dejaron cuanto estaban haciendo y se limitaron a asentir, cada uno con sus propias palabras:

–Me parece bien.

–Y muy lógico.

–Y justo. Si hemos tenido suerte debemos compartirla con los que no pudieron venir. Pero el viaje será largo.

–Y complicado.

Resultó mucho más largo y complicado de lo que cupiera imaginar puesto que los barcos nunca estaban en el puerto el día que se suponía que deberían estar, ni seguían los itinerarios que se suponía que deberían seguir, ya que no solo dependían del estado del mar, los vientos o las corrientes, sino sobre todo de las acechanzas de docenas de piratas y corsarios que se habían convertido en los principales enemigos de los navegantes.

Sus enormes navíos dotados de poderosos cañones patrullaban las entradas –y sobre todo salidas– del Caribe ya que sabían muy bien que las naves cargadas de riquezas eran las que ponían rumbo a Vigo o Sevilla.

Las que viniendo de Europa se dirigían a Santo Domingo, Veracruz o La Habana tan solo traían hambrientos.

Y fue en La Habana donde María Curbelo llegó a la conclusión de que no podía aguardar a que se reuniese «La Flota de Indias», que una vez al año emprendía el viaje hacia Europa protegiendo tesoros y personas.

El oro, las esmeraldas o las perlas podían esperar, pero ella no.

Recorrió los muelles haciendo mil preguntas hasta que descubrió un bergantín de tres palos en cuyos costados no aparecía un solo cañón ni tan siquiera una mísera culebrina.

Con las bordas muy bajas y pintado de azul con el fin de pasar desapercibido en mitad del océano, resultaba evidente que el «Cantabria» no había sido diseñado con la intención de enfrentarse a poderosos enemigos sino con la intención de correr.

Su misma denominación, «bergantín» o «brigante», era una derivación de la palabra «bandido», navíos ligeros que habían sido muy utilizados por los piratas del Mediterráneo, aunque a la hora de establecerse en el Caribe habían optado por los terroríficos galeones fuertemente armados.

El «Cantabria» no admitía cargas pesadas, hedía a moho, sus camaretas resultaban incómodas y jamás garantizaba la fecha de llegada a su destino, que tanto podía ser Sevilla como Vigo.

Su único mérito estribaba en que llevaba ocho años yendo y viniendo de un continente a otro y que era cosa sabida que quien fuera capaz de atrapar en alta mar al escurridizo capitán Revilla y colgarlo del palo mayor de su apestoso navío ascendería un peldaño en el escalafón de los depredadores oceánicos.

Y se haría muy rico.

Los banqueros, los terratenientes, los políticos corruptos y la mayoría de los traficantes de oro, perlas o esmeraldas no confiaban en «La Flota de Indias», pero sí en Revilla.

Y existían dos razones:

La primera radicaba en el hecho de que cuando los barcos de «La Flota de Indias» atracaban en Vigo o en Sevilla la censura incautaba la correspondencia, con lo que La Corona estaba al corriente de cuanto negocio, legal o ilegal, y cuanto pecado, mortal o venial, estuviera aconteciendo al otro lado del océano.

La segunda, y también importante, se centraba en el doloroso hecho de que esa misma Corona se quedaba con una cuarta parte del oro, las perlas o las esmeraldas que se encontraran a bordo.

Pero quienes confiaban su correspondencia a Revilla sabían que si existía el más mínimo el riesgo de que cayera en malas manos se apresuraría a lanzarla al fondo del mar.

Y quienes le confiaban su oro, sus diamantes, sus perlas o sus esmeraldas sabían que las desembarcaría en una perdida cala, lejos de las garras de los aduaneros.

En pocas palabras, el «Cantabria» no era más que un barco contrabandista y su capitán un redomado pícaro, por lo que cuando María Curbelo le pidió que la ayudara a atravesar el Atlántico en menos de un mes, el cántabro dio muestras de su innegable descaro negándose en redondo:

–Nunca ayudo a delincuentes.

–No soy una delincuente.

–¿Entonces a qué vienen tantas prisas?

–Se me pueden morir las cochinillas.

–¿Las cochi... qué?

Una vez que la muchacha le hubo aclarado en qué consistía su peculiar equipaje y el grave riesgo que corría de perder cuanto había ganado en su aventura americana si los delicados parásitos morían durante la travesía, el marino dedicó un largo rato a sopesar la propuesta.

–He oído hablar de las increíbles penalidades que sufren las familias obligadas a emigrar a Texas, y siempre me ha parecido una gran putada, sobre todo porque el término «familia» significa niños, y los niños no deberían pasar por semejante trance. Les pediré a mis clientes habituales que aceleren los trámites y tal vez podamos zarpar pasado mañana.

Lo hicieron al caer la noche. De inmediato apagaron las luces de situación y pusieron rumbo al archipiélago que los descubridores andaluces habían denominado como «Islas de la Bajamar», por lo que su nombre había ido degenerando hasta acabar en «Islas Bahamas».

Ningún capitán en su sano juicio que comandara un navío de mediano calado se hubiera atrevido a internarse en semejante maraña de canales de aguas cristalinas, un lugar paradisíaco pero plagado de peligros puesto que en el momento más inesperado se encontraría atrapado en una trampa de arena.

Revilla pecaba de osado, pero estaba en su sano juicio, por lo que en cuanto avistó las primeras palmeras ordenó arriar velas, lanzar al agua los botes y hacer que sus hombres –y él mismo– remaran muy despacio, lanzando una y otra vez la sonda pese a que le fuera accesible ver el fondo e incluso los incontables tiburones y las mantas-rayas que hurgaban en la arena en busca de lenguados.

A María Curbelo le fascinaba el lugar, pero le reconcomía la impaciencia.

–A este paso no llegaremos nunca.

–Atracaremos antes de que des a luz.

–No estoy embarazada.

–Más a mi favor.

La absurda respuesta dejó a la muchacha harto confusa, pero se confundió aún más cuando el cántabro inquirió, como si se estuviera refiriendo a los alcatraces que pescaban frente a la proa:

–¿Estás casada?

–No.

–Como capitán tengo la potestad de celebrar bodas a bordo y siempre me hizo ilusión casarme a mí mismo. ¿Qué te parece la idea?

–Que lo que me faltaba para la colección era un novio marino. Los he tenido comanches, cazadores de forajidos, buscadores de oro e incluso navajeros, pero prefiero seguir como estoy.

–¡Lástima! Una luna de miel en las Bahamas no se la puede permitir cualquiera.

–Eso es muy cierto.

Tras bogar como galeotes y rechazar la colaboración de María, puesto que al no haber remado nunca era más lo que incordiaba que la ayuda que prestaba, alcanzaron mar abierto, aunque para enfrentarse a la desagradable sorpresa de descubrir que dos impresionantes galeones parecían estar aguardándolos.

Largaron anclas sobre aguas someras, Revilla echó mano de su mejor catalejo, observó con mucha atención, y acabó lanzando un reniego:

–¡Holandeses! Esos sucios bastardos, a los que ni Dios entiende porque no los reconoce como hijos, son como perros de presa y cazan muy bien en pareja. Por suerte, la cantidad de inteligencia que el Señor reparte entre los seres humanos es limitada, y como son pocos, apenas les ha tocado.

–Veo que no les tiene mucho aprecio.

–¿Qué aprecio quieres que les tenga a quienes se pasan el tiempo disparándome?

–¿Y qué piensa hacer?

–¿Y qué quieres que haga, amada esposa? Correr.

–No soy su esposa.

–Pero me gusta como suena. ¿Y a ti que más te da?

–Mientras solo lo diga a bordo y no se lo tome en serio...

–Ahora lo único que tengo que tomarme en serio son esos jodidos cañones.

Ordenó que trasladaran a tierra todo lo necesario para disfrutar de una copiosa cena que tal vez sería la última, permitió que corriera el ron lo suficiente como para alegrar el cuerpo pero no nublar la mente, y cuando el sol rayaba en el horizonte, hizo que se encendieran hogueras rogando al contramaestre y al marmitón que sacaran su gaita y su guitarra con el fin de que comenzara el baile.

Sabía que aquello molestaría a los holandeses, ya que considerarían que no se les tomaba en serio, pero se disculpaba asegurando que prefería enfrentarse a un capitán cabreado que a un capitán sereno.

Dos horas más tarde la fiesta continuaba, pero gran parte de la tripulación se encontraba ya a bordo izando todo el velamen con el fin de que cogiera el mayor viento posible conteniendo la nave únicamente con las anclas de popa.

Justo antes de que la vela mayor amenazara con rajarse, cuantos se encontraban en tierra saltaron a cubierta, se cortaron amarras y el «Cantabria» partió rumbo a la noche como un morlaco al que acabaran de abrirle las puertas del toril.

CAPÍTULO XIX

Por lo general los galeones estaban aparejados con enormes velas rectangulares que aceptaban mucho viento, pero para ser realmente eficaces necesitaban que viento les viniera de popa.

Por su parte los bergantines, que utilizaban velas triangulares, habían sido diseñados de tal forma que aprovecharan al máximo la más ligera brisa, por lo que podían navegar en zigzag escurriéndose como liebres, a tal punto que sus perseguidores solían quedarse cortos o pasarse de largo.

El astuto Revilla, veterano en tales lides, había elegido por tanto un rumbo en el que el viento soplaba de proa, lo que obligaba a los holandeses a maniobrar con la mayoría de los hombres en los palos, lo cual suponía un claro peligro en plena noche.

No pasó mucho tiempo antes de que uno de ellos cayera y se convirtiera en cena de tiburones.

Retumbaban los cañones y de tanto en tanto se alzaban altas columnas de agua, pero cabría pensar que la tripulación del «Cantabria» disfrutaba con el peligroso juego hasta el momento en que se escuchó una orden seca y en cuestión de minutos se apagaron las luces de situación y se arrió todo el trapo.

Era noche sin luna y sus perseguidores debieron tener la sensación de que la nave había desaparecido bajo las aguas.

Silencio.

Oscuridad y silencio.

El mar estaba en relativa calma con olas medianas que dejaban entre ellas amplios vanos, por lo que el bergantín se balanceaba sin que nadie a bordo hiciera un solo movimiento.

Los capitanes holandeses debieron dudar entre ceñir velas manteniéndose al acecho o abandonar la partida, pero al fin comprendieron que sus buques de alto bordo y gran calado corrían el riesgo de ser empujados hacia los bajíos por el viento y las corrientes, por lo que decidieron poner proa a mar abierto.

Al amanecer su ansiada presa tan solo era un punto en la distancia.

María Curbelo, que aparecía amarilla, puesto que se había pasado horas vomitando, se bañó a conciencia, se cambió de ropa y subió a cubierta, a disfrutar de un poco de aire fresco.

–¿Esto pasa a menudo?

–Con relativa frecuencia... ¿A que ha sido divertido?

–A mí no me ha hecho maldita la gracia.

–Es que a nadie se le ocurre marearse en un momento como este.

–Permítame que le diga, querido esposo, y no se tome al pie de la letra ni lo de querido, ni lo de esposo, que es usted un cernícalo.

–Me gustan los cernícalos.

–Pues me alegra porque se lo voy a repetir muy a menudo.

–Si yo fuera un capitán como es debido castigaría esa falta de respeto mandándote a las letrinas hasta llegar a tierra, pero como tan solo soy lo que soy, lo cual ya es mucho, me conformaré con que nos prepares un buen almuerzo porque estamos hartos de comer siempre lo mismo. ¿Qué sabes hacer?

–Lomos de bisonte con salsa de ajo y pimienta.

–Andamos algo escasos de bisontes, pero hemos pescado un atún enorme. Y también puedes contar con Ramiro, que parece un búfalo.

–¿Se molestaría si le cortara una pierna?

–Supongo que sí, porque pasarse todo el día al timón con una pata de palo debe resultar bastante incómodo. Y ahora déjate de boberías y vete a la cocina.

María Curbelo se aplicó a la tarea de recordar cuanto le había enseñado su madre sobre el difícil arte de alegrar estómagos hambrientos sabiendo que le aguardaba una larga travesía y tendría menos problemas si los tripulantes la consideraban una buena cocinera que una apetecible pasajera.

Albergaba la absoluta seguridad de que Revilla lanzaría por la borda a quien se atreviera a ponerle una mano encima, pero el hecho de que el agresor acabara de comida para peces no le compensaría por el hecho de haber sido agredida.

Fue ella la que estuvo a punto de ser lanzada por la borda la noche en que se le ocurrió la descabellada idea de unirse al magnífico coro que formaban el contramaestre, el marmitón y dos gavieros.

Que quince pares de ojos la observaran con furibunda severidad y lógica indignación le obligó a inclinar la cabeza avergonzada:

–¡Perdón!

–Que no se repita. Cantas como un cuervo.

–Ya me lo habían dicho.

–Pues escucha a los que saben. Te llamaré cuando tenga que espantar a las orcas; tienen el oído muy fino.

–¿Siempre trata así a sus pasajeros?

–No siempre, pero me gusta verte azorada. A veces tienes unos aires de marisabidilla que me irritan.

La isleña comprendió que no era momento de enzarzarse en discusiones sino de permitir que siguiera el concierto, aunque le resultara harto difícil reconocer que era excelente.

La música nunca había sido su fuerte por lo que se limitó a escuchar y aplaudir, gracias a lo cual la larga travesía continuó sin mayores incidencias hasta que se avistaron la línea de costa, momento en el que el capitán la mandó llamar.

–¿Cómo están tus bichos? –fue lo primero que quiso saber.

–La mitad aún resiste, pero necesitan cactus o se morirán de hambre.

–¡Bien! Mañana te dejaremos en una zona en la que encontrarás todos los cactus que quieras. –Depositó sobre la mesa una bolsa–. Y aquí tienes treinta doblones para que consigas llegar cuanto antes a Lanzarote.

–¿Y a qué viene tan sorprendente generosidad?

–No es por generosidad; es por el veinte por ciento de los beneficios de la cochinilla.

–El diez.

–El veinte.

–El quince. Y dé gracias de que no lo denuncie por usurero.

–¿Y a quién ibas a denunciarme? ¿Al rey?

–No, pero si se corre la voz, su prestigio quedará por los suelos porque la gente siente una cierta simpatía por los contrabandistas pero aborrece a los usureros que exprimen a muchachas indefensas.

–¿Muchachas indefensas...? –se escandalizó el marino–. Si tú eres una muchacha indefensa yo soy Caperucita Roja, pero discutir contigo es como chupar piedras, por lo que lo dejaremos así. Cada seis meses pasaré a verte y si no me pagas lo que me corresponde te cortaré las orejas, aunque visto lo visto y oído lo oído de poco te sirven.

Así lo dejaron, y a la noche siguiente una barca desembarcó a María Curbelo en una solitaria playa casi a la vista de Cádiz.

La despedida había sido en cierto modo conmovedora puesto que no en vano habían pasado por momentos muy difíciles y momentos muy agradables por lo que la muchacha se sentía como si de nuevo hubiese perdido a parte de su familia.

Ver sorberse los mocos al contramaestre o llorar a un hombretón como Ramiro no era un espectáculo que pudiera contemplarse a diario por lo que besó a este último en la mejilla tratando de animarlo:

–Consuélate porque de haber seguido a bordo habría acabado cortándote una pierna.

Ahora ella no tenía quien le consolara, por lo que se afanó en la tarea de recoger cactus y encaminarse a la ciudad donde a la semana consiguió un pasaje para un barco de línea que la trasladó a Tenerife.

Se hospedó en una limpia posada en plena Plaza de la Candelaria y al día siguiente emprendió el camino hacia el viejo convento abandonado, desde donde continuó sin prisas hasta toparse con la anciana, que se encontraba en el mismo sitio y realizando la misma tarea.

–¡Buenos días, cristiana! –saludó.

–¡Buenos días, mi niña!

–¿Se acuerda de mí?

–¡Naturalmente! Eres la conejera que quería «hacer las Américas». ¿Qué pasó? ¿Te arrepentiste?

–Fui y volví.

–¡Vaya por Dios! Creí que estaba más lejos.

–Y lo está, pero tenía cosas que hacer aquí. Le he traído un regalo. –Depositó una mazorca sobre la mesa–. ¡Ábrala!

La buena mujer lo hizo con la habilidad de quien casi no ha hecho otra cosa en su vida, para acabar lanzando un largo silbido de admiración.

–¡Precioso millo, sí, señor! El más grande y perfecto que he visto nunca.

–Lo cultivamos en Texas y allí se le conoce con un nombre muy apropiado: «El millo de seña Eufrasia».

–¡Jodida niña! ¿Has venido a hacerme llorar?

–Solo he venido a darle las gracias, pero si le apetece llorar, por mí no tenga empacho. Y hablando de empachos, ese potaje huele a gloria y como ya no tengo que aceptar limosnas le aceptaría un buen plato.

Almorzaron bajo el porche y la dueña de la casa le pidió que le contara «cosas de las Américas» porque tenía un nieto que estaba pensando en emigrar.

–Por eso he vuelto... –fue la respuesta–. Quiero que todos sepan adonde se dirigen y cómo deben hacerlo sin dejarse engañar. Lo peor de la emigración no estriba en lo que sufrimos mientras intentamos huir de la miseria, sino en lo que nos hacen sufrir los que se benefician de esa miseria. Así ha sido siempre, y así será por siglos que pasen.

–Sigues teniendo un piquito de oro pequeña, pero a mucha gente no le va a gustar que vayas por ahí diciendo esas cosas. El dichoso «Tributo de Sangre» y la maldita «contribución voluntaria» nos están matando, pero el destino de los pobres siempre ha sido morir cada vez peor para que los ricos vivan cada vez mejor. La emigración no tiene por qué ser una excepción.

–Seguro que tiene razón porque usted es una mujer con mucha experiencia, pero aprendí algo muy importante en este viaje.

–¿Y es?

–A leer.

Doña Eufrasia Padrón, más conocida cariñosamente por «Seña Eufrasia», se detuvo en la tarea de machacar muy bien un plátano maduro mezclándolo con gofio, lo cual parecía constituir su postre favorito, y acabó por agitar el tenedor como si fuera un arma.

–Eso sí que es ciertamente importante, niña. Para aprender a leer vale la pena cruzar el mar porque los de aquí prefieren que sigamos siendo unos tarugos. ¿Cuántos libros has leído?

–De momento siete. Pero es que uno de ellos era muy largo.

–¿Y qué te han enseñado?

–A leer.

–¿Cómo te pueden enseñar a leer cuando ya sabes leer?

–Porque una cosa es leer y otra entender lo que estás leyendo. Si no eres capaz de entenderlo eres como un loro que repite las palabras sin saber lo que significan.

–¿Y tú lo sabes?

–No siempre.

–¡Vaya por Dios! ¿Un poco de plátano escachado?

–Solo un trocito. He comido demasiado.

–Falta te hace. Cuando te fuiste eras una muchacha hambrienta y ahora eres una mujer escuálida a la que el sol y el mar han dejado la piel como de lagartija.

–¡Gracias por los piropos! Si lo sé no vengo.

–Todo eso se cura a la sombra, comiendo y tierra adentro.

Al caer la tarde María Curbelo regresó a la posada y al mirarse en un espejo se vio obligada a reconocer que doña Eufrasia tenía razón: estaba en los huesos y se diría que el salitre se le había incrustado en los poros.

Tres días más tarde, el «San Telmo», el mismo barco que tanto tiempo atrás la había traído desde Lanzarote, la devolvió a su isla.

CAPÍTULO XX

La casa estaba en ruinas.

Los últimos temblores habían quebrantado sus cimientos y los últimos pedruscos destrozado la techumbre, por lo que se vio obligada a dormir en la cueva que en otro tiempo servía de granero.

El polvo y la ceniza se habían adueñado del paisaje.

Por suerte la parte de levante de la isla se encontraba protegida de los vientos alisios por el escarpado «Risco de Famara», y a sus pies crecían miles de cactus que se perdían de vista en la distancia.

Alquiló un burro, recorrió la costa y eligió la extensa zona que se encontraba entre dos pequeños asentamientos denominados Mala y Punta Mujeres.

Tan solo faltaba un mariachi para hacerse a la idea de que había vuelto a México.

Preguntó a una chicuela que pasaba por un serpenteante sendero en el que había que avanzar con extremo cuidado para no pincharse las piernas o el trasero, y al atardecer se encontró frente a un hombrecillo que pescaba con encomiable habilidad desde la misma puerta de su casa.

–¡Buenos tardes, cristiano!

–¡Buenos tardes, cristiana!

–¿Esas chumberas son suyas?

–Eso dicen.

–¿Producen mucho?

–Higos picos como para estreñir a media isla.

–¿Y en dinero?

–¿Qué dinero...? Si le ofrezco a alguien un higo chumbo, me regala dos. ¿Y a qué viene tanta pregunta?

–Simple curiosidad.

–Los peces que ves aquí murieron por curiosos, o sea que mala costumbre es esa.

–Lo tendré en cuenta.

–Más te vale. Por lo que me han dicho eres una de las que obligaron a marcharse a Texas.

–Lo soy. La hija de Gracia y Matías Curbelo.

–¿Y cómo están?

–¡Muy bien!

–¿Y es cierto eso que cuentan de que allí comen carne todos los días?

–Lo es.

–¿Incluso en Semana Santa?

–Bueno; en Semana Santa no, pero tienen otras cosas.

–Si no fuera tan viejo también me iría. Aquí solo como carne dos veces al año. Y de cabra vieja.

–Pero este es un lugar muy bonito. Y muy tranquilo.

–Sesenta años de tranquilidad son demasiados. ¿Qué te trae por estos lares? Porque nadie viene al «Malpaís» por puro gusto. Se ha ganado el nombre a pulso; no hay más que rocas y lava.

–Las chumberas. ¿Cuánto quiere por ellas? Desde aquí, incluida la casa, hasta aquella loma.

–¿Es que te has vuelto loca? Ahí no crecen más que pinchos.

La muchacha extrajo de una bolsa un doblón de oro y lo depositó junto a un mero que aún boqueaba.

–¿Cuántos como este?

«Cho Bastián», que jamás había visto un doblón de oro, se inclinó a estudiarlo, aunque sin atreverse a tocarlo.

–Ya me lo advirtió mi padre –farfulló molesto–. «La tentación viste faldas».

–«Pero el pecado anda desnudo...». –La muchacha colocó dos monedas más junto a la primera–: Tres doblones.

–¿Pero qué pasa? ¿Acaso en Texas el dinero crece en los árboles?

–Seis doblones. Y le puede decir a sus hijos, sus nietos y sus amigos que les daré trabajo bien pagado.

–Aquí nadie da trabajo porque no lo hay.

–Yo se lo daré.

–¡Escucha, mi niña! Ya soy demasiado viejo como para creer en milagros y nadie puede ofrecer dinero y trabajo en un lugar como este.

La respuesta fueron cuatro monedas más.

–Diez doblones y es mi última oferta porque también hay muchas chumberas por la zona de Timanfaya.

–Y un volcán que te quema el trasero, como se lo quemo a tu tío Lorenzo. ¿Sabías que estaba haciendo sus necesidades justo en el pozo en que empezó la erupción?

–Lo sabía.

–Le achicharró el trasero.

–También lo sabía, ¿Qué pasa con las chumberas?

–¡De acuerdo! Diez doblones.

Le alargó la mano.

–¿Trato hecho?

–Trato hecho. ¿Cuándo tengo que irme?

–No hay prisa.

No había prisa, pero una semana más tarde se habían firmado los papeles y María Curbelo se había instalado en una casa a la que acudían hombres y mujeres a los que iba abonando por adelantado su salario al tiempo que les indicaba lo que tenían que hacer.

A la mayoría les costaba aceptar que alguien confiara en ellos hasta ese punto, sobre todo teniendo en cuenta que lo que tenían que hacer se les antojaba del todo incongruente; María les proporcionaba un pequeño cactus cubierto de parásitos y les pedía que fueran distribuyendo las minúsculas cochinillas sobre las chumberas más robustas.

–¿Enfermar lo que está sano? No lo entiendo.

–¿Te pagan por trabajar o por entender?

–Por trabajar.

–Pues si la tierra es suya, las chumberas son suyas, los bichos son suyos y el dinero es suyo, o sabe lo que hace o acabará en la miseria. Y *pa* mí que sabe lo que hace.

–Es que me molesta que me mande una mujer.

–¿Dónde es lo más lejos que has llegado?

–A Corralejo.

–¿Y cuánto dinero tienes?

–El que me ha dado.

–Pues lo único que tienes que hacer es dejar el trabajo, volverte casa y hacer lo que te mande tu mujer.

–Será peor.

–Seguro.

Retornaron a la tarea y los bien alimentados parásitos se afanaron a la hora de reproducirse con loable entusiasmo, por lo que María Curbelo se sentía plenamente satisfecha el día en que hizo su aparición el imprevisible cántabro.

–¿Cómo va el negocio, pequeña?

–Con viento racheado de través, tres cuartas por estribor.

–¿Y eso qué quiere decir?

–No tengo ni idea pero me gusta cómo suena. Lo cierto es que va muy bien. –Señaló con la cabeza dos grandes garrafas que se encontraban en una esquina de la estancia–. El quince por ciento de todo eso es tuyo. Y si te encargas de llevarlo a Cádiz será el treinta. En un solo viaje habrás cuadriplicado tu inversión.

–Tenía razón Ramiro cuando me advirtió que me convenías más como socia que como esposa. ¿Sigues siendo virgen?

–¿Y a ti qué coño que importa mi coño?

–¡Qué fina te has vuelto!

–Todo se pega. ¿Una copa, querido esposo?

–Con mucho gusto, amada esposa. ¿Cómo te llevas con las autoridades de la isla?

–A la mayoría las tengo compradas, pero te agradecería que le dieras un pequeño susto al tal Casabuena. Es un redomado hijo de perra que alega que estas tierras pertenecían a su bisabuela.

–¿Aquel al que en Tenerife le cambiasteis los jamones por un penco?

–Y el que ordena cuáles son las familias tienen que emigrar por culpa del «Tributo de Sangre».

–Pues le ajustaremos las cuentas.

Don Bartolomé Casabuena se meó en la cama en el momento de advertir que un barbudo de pésima catadura se sentaba en una silla cercana y le alumbraba con un candil al tiempo que comentaba:

–Si grita le rajo el cuello.

–¡Que Dios me asista!

–Falta va a hacerle. ¿Qué historia es esa de que su bisabuela era dueña de las chumberas de Punta Mujeres?

–Todo el mundo sabe que...

–No me venga con zarandajas porque todo el mundo sabe lo que usted quiere que sepa o los manda a Texas, o sea que le ofrezco dos opciones.

–Le escucho.

–Más le vale. La primera, acabar colgado donde acabó colgado el penco, pero con las tripas fuera.

–No parece negociable.

–Desde su punto de vista, no; en eso estoy de acuerdo.

–¿Y la segunda?

–Comprar chumberas en otra isla, y que le proporcionemos las cochinillas necesarias como para iniciar su propio negocio

–Era lo que estaba esperando.

–No se me pase de listo.

–No pretendo pasarme de listo; es que siempre he pensado que el mejor final de una guerra no es una paz en la que unos ganen y otros pierdan, sino una alianza en la que todos salgan beneficiados.

–Bien pensado, pero aún queda otra cosa: debe acabar con ese maldito «Tributo de Sangre». El que quiera emigrar que emigre, pero que no sea obligatorio.

–Para eso tendré que convencer al Pagador Real.

–Pues adviértale que o acepta o acabará como el penco.

–Bastará con eso porque es muy pusilánime.

–¿Y eso qué significa?

–Que como buen funcionario nombrado a dedo es un cagado.

–Pues en ese caso tendremos la parejita: un meado y un cagado... –Se puso en pie dispuesto a marcharse–. Lo dicho; cada mochuelo en su chumbera y Dios en la de todos.

Fue de ese modo, a todas luces poco ortodoxo, como la joven María Curbelo implantó en las islas el cultivo de la cochinilla que convirtió a Canarias en uno de los lugares más ricos del planeta, en un *boom* únicamente comparable al del monopolio del caucho en Brasil que tendría lugar un siglo más tarde.

Nuevos ricos que apenas sabían tocar el «timple», o todo lo más una guitarra se mandaron traer pianos de cola y otro se compró un precioso barco pese a que en cuanto salía a la mar vomitaba hasta el alma.

Por desgracia, a unos estúpidos químicos –probablemente alemanes– se les ocurrió la pésima idea de inventar un carmín que sin tener las mismas propiedades que el que se obtenía de la cochinilla resultaba muchísimo más barato, por lo que esta última pasó a utilizarse únicamente en productos cosméticos de muy alto precio y calidad.

CAPÍTULO XXI

Siguieron tiempos de calma debido a que las cosas iban «con viento racheado de través, tres cuartas por estribor», lo cual seguía careciendo de sentido, pero a María Curbelo le sonaba muy bien y constituía una forma absurda de expresar que las cosas marchaban por un camino lógico después de tantos avatares insólitos.

Recibía con cierta regularidad, es decir, cada tres o cuatro meses, cartas de su familia con las que se mantenía al corriente de los progresos de San Antonio y de cuantos habían quedado allí.

Sus padres también le reenviaron una carta con fecha de ocho meses atrás que habían recibido de Damián Duval a través del complejo, pero siempre eficaz, «Buzón de Texas».

En ella le comunicaba que había conducido a un grupo de misioneros hasta las costas de California, donde «se habían puesto las botas» a base de crear escuelas y asentamientos pese a que un par de franciscanos hubieran perdido la vida a manos de los apaches.

Por su parte el padre Ruiz solía enviarle sus bendiciones, sus mejores deseos y el insistente ruego de que formara una familia porque Jesucristo había dicho que las buenas semillas tenían la obligación de hacer crecer buenos árboles.

A la muchacha no le sonaba en absoluto que Jesucristo hubiera dicho semejante cosa, por lo que se limitó a responderle que podía ser que ella fuera una buena tierra, pero la semilla tenía que traerla el viento, y aunque lo que sobraba en la isla era viento, prefería vivir en una zona en la que no le levantara las faldas.

También recibió una petición de Torano Fajardo rogándole que se interesara por su hermana Marina, casada con un pescador de La Caleta de Famara y de la que hacía tiempo que no tenía noticias.

Que ella recordara, La Caleta de Famara no eran más que cinco casas que se alzaban junto a un diminuto espigón en el extremo de la mayor, más hermosa y más peligrosa playa del archipiélago.

La coincidencia en aquel punto de persistentes vientos y fuertes corrientes del noroeste había conseguido que durante las grandes mareas llamadas «De la Virgen del Pino» bajara tanto el mar que podían distinguirse los esqueletos de docenas de barcos hundidos y encontrar sobre la arena restos de naufragios ocurridos a miles de leguas de distancia.

Debido a ello, en septiembre algunos isleños acampaban en Famara sabiendo que a ciertas horas recuperarían tablones, cuadernas, anclas o cadenas, y a otras se sentarían a esperar a que enormes olas les trajeran regalos en forma de barricas, velas, mástiles o una ballena recién muerta que les proporcionaría aceite para sus lamparillas durante todo un año.

Pero el regalo más preciado, aquel por el que los ojos permanecían atentos desde la salida de sol hasta el oscurecer, era la ansiada «Mierda de Ballena», que podía hacerles ricos de la noche a la mañana.

El ámbar gris, una secreción de origen intestinal producida por los cachalotes, era tan apreciado en perfumería que llegaba a alcanzar su precio en oro, y un trozo del tamaño de un toro se había encontrado flotando años atrás en el Océano Índico, aunque los conejeros se hubieran dado por contentos con que hubiera tenido el tamaño de un gazapo.

Cuando María Curbelo recibió la carta del pescador, todavía se encontraban en julio y faltaba mucho para la gran marea, por lo que sabía que Famara se encontraría desierta, pero en compensación haría un calor que partiría las piedras y abrasaría la arena, lo que invitaba a quedarse en casa y darse de tanto en tanto un chapuzón en las tranquilas aguas de sotavento.

No obstante, la muchacha también sabía que el «San Telmo» zarparía tres días más tarde y tardaría dos semanas en volver, por lo que decidió armarse de valor, cargar una buena provisión de agua, subirse al burro y desplegar una enorme sombrilla cuya obligación era protegerla del sol, aunque a cada instante el viento la ponía patas arriba.

–¡La madre que te parió! –le espetó sin el menor miramiento–. ¿Quién me manda meterme en estos líos?

Los únicos que la mandaban eran los recuerdos de aquel infernal viaje en el que si querían sobrevivir se veían obligados a ayudarse los unos a los otros, y le constaba que nunca podría perdonarse a sí misma si traicionaba a quienes jamás la habían traicionado,

–¡Vamos *pa* ya! ¡Arre, Bartolo!

Bartolo había sido bautizado así –como todos los burros de la isla– en honor del ínclito don Bartolomé Casabuena, lo cual constituía una clara muestra de que estaba considerado el hombre más odiado de Lanzarote.

La distancia en línea recta entre Punta Mujeres y La Caleta apenas superaba una legua, pero la inaccesibilidad del Risco de Famara obligaba a dar un rodeo que casi cuadriplicaba la distancia con el inconveniente añadido de que resultaba obligatorio atravesar el achicharrante desierto de Soo.

–¿Quién me manda meterme en estos líos? –se repetía una y otra vez.

Partiendo con la primera luz del alba alcanzó a distinguir las cinco solitarias casas ya empapada en sudor y con Bartolo amenazando con rendirse, por lo que decidió tomarse un descanso, momento que aprovechó para preguntarse cómo diablos se le podía ocurrir a nadie vivir en un lugar tan dejado de la mano de Dios.

Por mucho amor que se tuviese aquella pareja, pasarse años sin ver más que arena, mar y media docena de mustias cabras se le antojaba demencial, puesto que dentro de la desolación de una isla ya de por sí agreste y agresiva, aquel rincón parecía haberse convertido en el crisol de todas sus desgracias, y por si todo ello no bastara, el manantial de agua más cercano se encontraba a casi una legua de distancia y en mitad de un risco por el que ya se había despeñado más de uno.

–La verdad es que hay que echarle muchos cojones.

Reemprendió la marcha y comenzaba a caer la tarde cuando se detuvo ante la única casa que parecía habitada.

Ante la puerta, dos niñas de entre uno y tres años jugaban con muñecas de trapo mientras un hombre muy quemado por el sol reparaba el respaldo de una silla.

–¡Buenas tardes! –los saludó.

–¡Buenas tardes! ¿En qué podemos servirle?

–Busco a doña Marina Fajardo.

Los inmensos ojos negros de las niñas parecieron apagarse mientras el hombre indicaba con un innegable gesto de amargura la tumba adornada con flores silvestres que se alzaba a unos veinte pasos de distancia.

–Murió mientras daba a luz a la pequeña.

–Lo siento.

–Gracias.

–Le traía noticias de su hermano.

–¿De Torano..? ¿Consiguió llegar a las Américas?

–Allí sigue... Y muy feliz

–Me alegro por él; es un buen hombre. Pero no se quede al sol. Pase y cuéntenos. Me llamo Asdrúbal y estas son Ana y Marina.

La casa, de cara a poniente y sin una sola ventana abierta hacia la playa para impedir la entrada de arena, se mantenía fresca y sorprendentemente limpia, sobre todo teniendo en cuenta que la mayor parte de los muebles parecían haber sido recuperados del mar, lijados y pintados de rojo, azul, verde o amarillo, lo cual confería al salón-comedor una apariencia luminosa y casi de cuento infantil.

–A las niñas les gusta... –fue la explicación que casi sonaba a disculpa.

–Me encanta. Y esa mesa es preciosa.

–Perteneció al capitán de una fragata inglesa y tres sillas eran de un galeón portugués. Aquí el mar nos proporciona mesas, sillas, camas, pulpos, lapas, cangrejos, camarones, meros, samas, abadejos... –Sonrió mientras con un gesto la invitaba a sentarse al tiempo que añadía–: Incluso de tanto en tanto nos manda un poco de «Mierda de Ballena».

–Veo que tienen cabras. ¿También las trajo el mar?

–No. Esas vinieron a pata.

Las niñas, que habían entrado y tomado asiento, observaban a la recién llegada como si se tratara de un extraterrestre.

–¿Tienes hijos? –inquirió de improviso la mayor.

–No.

–¿Y por qué?

–Porque no me he casado.

–¿Y por qué no te has casado?

–Supongo que porque he tenido que viajar mucho.

–Si mi madre hubiera viajado mucho, ni mi hermana ni yo estaríamos aquí.

–Pero si yo no hubiera viajado quizás tampoco estaría aquí; mi casa se hundió con las grandes erupciones y podrían haberme cogido dentro.

–En ese caso puedes quedarte en la de al lado. Los dueños emigraron pero la cuidamos por si algún día vuelven.

–Pues no es mala idea... –intervino su padre, que había comenzado a avivar el fuego de una vieja cocina de hierro fundido que también debía haber pertenecido a un barco encallado–. Se quedará a dormir porque en cuanto cae la noche hasta los gatos se pierden por ese desierto.

Cenaron corvina a la espalda, quisquillas, lapas y queso de cabra, y cuando las niñas se fueron a la cama el dueño de la casa sacó una botella de aguardiente que colocó a su lado sobre la escalinata del porche, como si se tratara de un tesoro inapreciable.

–¡Solo para las grandes ocasiones! –dijo–. Y aquí no abundan porque si encalla un buen barco significa que hay muertos. ¿Ve aquella colina...? Allí llevo enterrados a treinta y cinco, y solo hay ocho a los que pude ponerles nombre. El resto son anónimos. Los hay españoles, franceses, portugueses, mauritanos e incluso polacos.

–¿Nunca ha sentido la necesidad de marcharse?

Su interlocutor señaló con un leve gesto la tumba adornada de flores silvestres.

–¿Y dejarla sola...? Ella cuida de las niñas y las niñas saben que las cuida. Si me las llevara únicamente le quedarían la arena y el viento. Fue una buena madre y una buena esposa por lo que estaré a su lado incluso muerta.

Fue en ese momento cuando María Curbelo comprendió la razón por la que había emigrado a Texas, había soportado tal cúmulo de desdichas, se había negado a consolidar cualquier tipo de relación con cualquier hombre y había decidido, contra toda lógica, volver a Lanzarote.

Todo había sido predispuesto para que algún día se convirtiera en la nueva madre de aquellas niñas y en la nueva esposa de aquel hombre.

Alberto Vázquez-Figueroa
Madrid, junio 2021

San Antonio de Texas

«San Antonio, en el estado norteamericano de Texas, fue poblada en sus orígenes por un grupo de 56 canarios, de los que 46 eran lanzaroteños.

En 1731, un grupo de ellos se asentó en San Antonio y en 1738 la expedición construyó la iglesia de San Fernando, considerada el monumento religioso más antiguo asociado al catolicismo en Estados Unidos. En ella se encuentran una imagen y un retablo de la Virgen de la Candelaria donados por el Cabildo de Tenerife.

Santa Cruz de Tenerife y San Antonio de Texas, en los Estados Unidos de América, ciudades hermanadas oficialmente desde 1983, mantienen una estrecha relación política, comercial y afectiva. La capital tinerfeña, en la plaza que lleva el nombre de San Antonio de Texas, ha levantado un busto en honor del doctor Alfonso Chiscano, ilustre tejano nacido en Santa Cruz de Tenerife.

El 27 de marzo de 1730, 15 familias canarias, formadas por 57 hombres, mujeres y niños, procedentes de Lanzarote, Gran Canaria, La Palma y Tenerife, embarcaron en el puerto de Santa Cruz de Tenerife, en el navío Nuestra Señora de la Trinidad y del Rosario. Los tinerfeños que viajaron eran Salvador Rodríguez, con su mujer e hijo; Vicente Álvarez Travieso, de 25 años, recién casado, y los hermanos Felipe y José Antonio Pérez, de 20 y 19 años, respectivamente.

El 10 de mayo, después de 44 días de navegación, atracaban en el puerto de La Habana y, desde allí, emprendieron la ruta hasta llegar a Veracruz en caravanas tiradas por bueyes y mulas. El 9 de junio de 1731, después de haber padecido innumerables peligros y aventuras, llegaban al otro lado del río San Antonio, donde los frailes franciscanos habían fundado una misión, el 13 de junio de 1718, la cual pasaría a la historia como el fuerte de El Álamo.

Los colonos isleños se repartieron las tierras y, con la ayuda de los nativos, comenzaron a sembrar las semillas que habían llevado desde Canarias, introduciendo las técnicas de regadío por medio de atarjeas, tal como existían en nuestra isla. Todavía se conserva el Canal de la Concepción, construido con un mortero especial inventado por ellos. También se dedicaron a la ganadería, aprovechando la gran cantidad de animales que pastaban en estado salvaje.

El primer asentamiento civil, denominado San Fernando de Béjar, lo trazaron al otro lado del río San Antonio, donde se encontraban el presidio y la misión. El 1 de agosto de 1731 constituyeron el primer Gobierno municipal de la villa de San Fernando de Béjar, con la misma estructura orgánica que los cabildos canarios. Estaba formado por nueve varones, casados, pertenecientes al contingente de fundadores.

El primer alcalde elegido fue Juan Leal Goraz, natural de Lanzarote, quien había sido el jefe de la expe-

dición desde que salieran de Tenerife. Los regidores fueron Juan Curbelo, Salvador Rodríguez, Antonio Santos, Manuel Ruiz, Juan Leal y Francisco Arocha. Como escribano del Consejo Público fue nombrado Antonio Rodríguez Mayordomo y como alguacil mayor, Vicente Álvarez Travieso.

Durante los primeros 130 años de historia de la ciudad, todos sus alcaldes fueron descendientes de los colonos isleños, hasta que fueron invadidos por los anglosajones. Juan Leal Goraz hijo llegaría a ser una figura prominente de la nueva América. El Cabildo funcionaría hasta la declaración de la República de Texas, en 1836, en la que se estableció el Condado de Béxar y la ciudad pasaría a recibir su actual nombre de San Antonio de Texas.

La llegada de esta expedición de canarios puede considerarse la primera colonización civil de la historia de los Estados Unidos, pues el poderío de la Iglesia y el Ejército se cambiaría por el de ayuntamientos legitimados por el rey.

Para lograrlo, los canarios tuvieron que defender sus derechos adquiridos por Real Cédula, luchando frente a los militares y a la Iglesia, que no querían perder las prerrogativas que habían adquirido con los años, pues estos primeros colonos habían recibido de la Corona el título de hidalguía, llegando a conformar la élite social y política de la región, conservando la altivez de su linaje, transmitiendo sus señas de identidad hasta sus actuales descendientes, orgullosos mantenedores de su herencia. En 1749, los colonos canarios construyeron en San Antonio de Texas la primera catedral de los Estados Unidos, bajo la advocación de la Virgen de Candelaria, patrona general del archipiélago canario.

La villa de San Antonio fue creciendo hasta convertirse, en 1772, en la capital de Texas. Con el fin de la dominación española, Texas sería un estado de México. En la Revolución de Texas, en 1836, que en San Antonio de Béxar enfrentó al Ejército mexicano de Santa Anna contra una milicia de secesionistas texanos, en su mayoría colonos, los defensores del fuerte de El Álamo fueron masacrados. En esta contienda, el alcalde de la Ciudad, Juan Nepomuceno Seguín, descendiente de canarios, jugaría un papel importante, pues, aprovechando la oscuridad, salió en busca de ayuda y, al regresar con ella, nada pudieron hacer. La capilla de El Álamo, considerada santuario, es el sitio turístico más popular de Texas.

Este episodio de la historia canario-americana fue llevado al cine en dos ocasiones. El condado de Béjar y la ciudad de San Antonio de Texas se integraron en los Estados Unidos de América en 1846».

José Manuel Ledesma, cronista oficial
de la ciudad de Santa Cruz de Tenerife

KOLIMA
BOOKS

www.ingramcontent.com/pod-product-compliance
Lightning Source LLC
LaVergne TN
LVHW010429230826
846092LV00009BA/1096

9788418811333